十分魔導士ハヤブサ

Shin Kitagawa
喜多川 信
Illustration
霜月えいと

△―「第一章」―▽

1

十歳になれば一人で竜を倒す。

それが、ハヤブサ・ウィザーズ・ゴウカの『普通』だった。十二歳になるまで、ハヤブサも生まれ育った一族の『普通』を疑ったことはなかった。

好戦魔導士。

ハヤブサの一族はそう呼ばれる、戦闘民族だ。氏族名であるウィザーズは、魔王復活を目論《もくろ》む悪の手先にはもちろんのこと、ペンタグラム大陸全土で畏《おそ》れられている。

一族の通例通りハヤブサ・ウィザーズ・ゴウカは十歳で竜を叩《たた》きのめし、各国から要請を受け、魔王復活を目論む悪の手先と戦いを繰り広げて生きてきた。

自分の人生はそういうものだと、ハヤブサは思っていた。

異国で出会った少女と、初めての恋に落ちる十二歳までは。

その女の子は真っ黒なリボンが銀髪に良く似合う、ハヤブサより一つ年上の学生だった。言葉の一つ一つが丁寧な女の子で、本を読むのが大好きらしく、十二歳のハヤブサにはとても大人びて見えた。『ひよっこ探偵オスカー』という学園ミステリー小説を読み聞かせてくれ、学校に行ったことがないハヤブサに学生生活の面白さを教えてくれた。

　級友たちや先生とのドタバタとした毎日をはつらつとして話すその女の子の瞳《ひとみ》は、とてもきらきらとしていて、ハヤブサの知らない世界を知っていた。

「ハヤブサさん、また明日！」

　その女の子は露天商が店じまいを始める夕陽の中、いつも笑顔でそう言ってくれた。

　その子と会う日々が楽しくて、会える明日がハヤブサは楽しみで仕方なかった。

　そんな明日は、あっけなく霧散した。魔王復活を目論む魔人の襲撃から、市場とその子を守ろうとしてハヤブサが力を使った途端だった。三本角の魔人を仕留め、ぐちゃぐちゃになった屋台とめくれあがった石畳の上でへたり込むその女の子を助け起こそうとして、「もう大丈夫だよ」とハヤブサは駆け寄ったが、その時にはすべてが一変してしまっていた。

「こ、こないで……」

　声を震わせて後退《あとずさ》る初恋相手の目は、魔人よりもハヤブサをずっと恐れていた。初恋相手の目がハヤブサの胸に突き立てた冷たい感触は、どんな竜や魔人の攻撃よりも鋭かった。

　魔人の返り血と共に、「また明日」はなくなった。

　好戦魔導士の子供にはよくある経験の一つらしい。

　同行していたハヤブサの師匠も、幼馴染《おさななじみ》も、それが「普通」だと言った。

こんな戦いばかりの毎日のままで、いいのだろうか？

返り血を浴びることで得られるものだけを求める、そういう人生であっていいのか？

「よいのだ、ハヤブサ。強敵を前にした血の滾《たぎ》りこそ、生き甲斐《がい》。それが我らだ」

一族の首長である父ハヤテは、迷いのない目で言い切った。

ハヤブサの師匠も、幼馴染《おさななじみ》も、顔馴染みの者は皆、目の奥に一切の迷いがなかった。

十二歳でハヤブサが抱いた疑問は、一族の誰の共感も得られなかった。

「戦いを生き甲斐にしている一族とは、違う生き方をしたい。本で読んだような、普通の学校生活を送ってみたい。まともな人間になりたい」

十二歳からハヤブサはそう願い、「平凡な生き方がしたいなら、我が一族全員を倒してからにしろ」と大反対する好戦魔導士一族の皆を五年かけて説得した。

好戦魔導士一族は「力で語れ」を信条としている。

ペンタグラム大陸にその名が轟《とどろ》く戦闘民族だ。魔王復活を目論《もくろ》む悪の手先との戦いの日々、ハヤブサは幼馴染や師匠と共にペンタグラム大陸の六国を渡り歩いてきたが、悪戯《いたずら》好きの子供に対して「好戦魔導士がくるぞ！」と脅かす親を見かけたのは、一度や二度ではない。

魔王を六分割して封印する大戦争『八つ裂き戦争』に、好戦魔導士一族は二千年の歴史のなかで五度参加した。ペンタグラム大陸の歴史上、魔王が復活したのは四回で、八つ裂き戦争が起こったのは五回だ。好戦魔導士一族の始祖と見なされている人物は、第一次八つ裂き戦争において刎《は》ね跳ばされた自身の頭をひっつかんで魔王を殴り倒した、という伝説が残っている。

ハヤブサも含めて一族の者は皆、その伝説を信じている。一族以外の人はその伝説を信じていないこともままあるが、好戦魔導士の戦う様子を一度でも見ると信じ始める。

好戦魔導士一族は、ペンタグラム大陸北側に位置する火の国ゴウカの北端を本拠地とし、海を隔ててさらに北にある半島からやってくる竜の脅威に代々抗《あらが》ってきた。ペンタグラム大陸で「魔法使い」「魔術師」といえば、好戦魔導士を意味するほどだ。

力で押し通る。

それが好戦魔導士一族だ。

力で押し通す。

それが好戦魔導士一族を説得し、ハヤブサの願いを叶える術《すべ》だった。

一族全員ぶっ倒せば学校に行ける。ならば、ぶっ倒して認めさせるしかない。証明するしかない。ハヤブサの「まともになりたい」という意志が、どれほどのものかを。

ハヤブサはどうしても平凡に生きたかった。

学校で学びたかった。

まともになりたかった。

戦うこと以外に、ちゃんと生き甲斐を見出したかった。

ハヤブサはまともになるために、十二歳から五年かけて修練を積んだ。習熟する魔法を「縮地」一本に絞り、実戦の中で磨いた。空間圧縮により二地点間の距離を近づけて瞬間移動する縮地魔法は、扱いが極めて難しい。習熟すれば空間圧縮の吸引力と復元力すら操ることができるようになり、とてつもない運動エネルギーを発生させて攻撃手段にすらなる反面、使い方を誤ると身体が血煙と化す魔法だ。骨の折れた回数は百を超えてから数えるのをやめた。縮地魔法を仕損じて腕や足が体幹についてこられず、千切《ちぎ》れた手足を治癒術士にくっつけてもらうのが日課だった。『腕はとれるもの、脚はもげるものと思い戦え』という一族に伝わる教えがいかに実戦に裏打ちされたものであるか、ハヤブサは得心した。

「行かせんぞ、ハヤ坊。学校になど。生きさせんぞ、平凡になど」

ハヤブサの前に立ち塞《ふさ》がる一族の皆は、強敵ばかりだった。容赦もなかった。実戦の中で出会ったどの竜や魔人よりも無茶苦茶で、強くて、恐ろしかった。

ハヤブサは何度も説得を試み、返り討ちにあった。

雨のように降り注ぐ火球や空中へと躍り上がる濁流に追い回されるのなんて序の口だ。立っている地面ごと八百メートル上空にぶっ飛ばされて失神したこともあった。

息を吸った瞬間に肺を氷漬けにされて死にかけたこともあった。

全身を磁石にされて砂鉄の塊に閉じ込められたこともあった。

周辺の空気をすべて抜かれて窒息したこともあった。

小石、雑草、小枝、砂粒一つすら、好戦魔導士にかかれば凶器だった。

一族の大人たちには手も足も出ず、出たと思った次の瞬間には鼻っ柱をへし折られた。自らの努力がなかったことにされるような、振り出しに戻され続けるような毎日だった。

それでも、倒されては立ち上がった。

近づいて必殺の一撃を見舞う。

それが、比類なき戦闘民族である好戦魔導士の基礎にして神髄《しんずい》だ。一族の首長である父ハヤテは口癖のように言っている。『魔法は、肌と肌が触れ合う距離で使うものだ』と。強き者ほど基礎への理解が深い。ハヤブサはそれを見抜き、基礎を注意深く反復した。

まともになりたい。

その一念がハヤブサの支えだった。

そうして力を磨きあげ、一族の皆を徐々に説得していった。最後の難敵・首長である父のハヤテに説得を挑み、山が崩《くず》れ、岩が砂になり、その砂が嵐となって間欠泉を濁らせ、川の流れすら変わる激闘の末、ハヤブサは平凡に生きる権利を勝ち取った。

気付けば十七歳になっていた。

「やっと学校にいける。平凡を学べる。まともになれる。でも、なんでだろう……？　この五年でなにか俺は、致命的な失敗をしでかしてしまった気がする……」

嚙《か》み締める達成感に混じる一抹の不安は、なかなかに苦かった。

だが、すぐに頭を切り替えねばならなかった。

一族は説得できたが、そこからも困難の連続だったのだ。

ハヤブサは火の国の高等学校へ願書を送ったが、入学は許可されなかった。「学校を戦場にされたくない。好戦魔導士の入学は困る」というのが学校側の返答だった。魔王復活阻止に助力してきたハヤブサの功績を鑑み、火の国ゴウカの王『火の君』が八方手を尽くし、推薦状までしたためて国内の王立高等学校にかけあってくれたものの、それでもダメだった。

学力でもなく、人格でもなく、出自が問題になった。

力だけでは通らない。

それがまともであり、ハヤブサの憧《あこが》れでもあった。その憧れが、首長である父ハヤテよりも強大な敵となって立ち塞《ふさ》がったのだから、皮肉なものだ。

「留学なら、可能性があるのではないか」

火の君にもらったアドバイスを頼りに、ハヤブサは各国の王立高等学校に願書を送った。しかし、「我が校の風紀が乱れてしまう。好戦魔導士が入学してきたと他の生徒や保護者に知られたら、我が校から生徒がいなくなってしまう」と断られた。

東方にある水の国ティアレイクも、東南にある雷の国バルクラアドも、南西にある氷の国ミチェーリも、西方にある土の国シューヂィーも、断り文句は同じだ。

文面は表現豊かだったが、つまるところ「ハヤブサの入学は困る」ということだ。

ハヤブサは書類審査で落ち続けた。

入学不許可の通知が次々と届きハヤブサが意気消沈するなかで、ペンタグラム大陸中央にある颪の国ウィルブリーゼの国王が、颪の王城で面談の機会を設けてくれた。

書類審査で落ち続けていたハヤブサにとっては、会って話を聞いてくれるだけでありがたかった。そのありがたい面談に、ハヤブサは思いっきり遅刻してしまった。

王城前の広場に、我が子の名を必死で呼んで回る母親がいたのだ。

訳を聞けば、四歳の息子が迷子になったらしい。

ハヤブサは自分の母親の顔をおぼろげにしか覚えていない。ハヤブサの母は、竜の根城である北の半島に渡り、それっきりだ。父のハヤテは「母さんはべらぼうに強い。竜王との戦いが楽しすぎて帰ってこないだけだ」と迷いのない目でずっと言っている。

ハヤブサは、我が子の名を必死で呼ぶ母親を見捨てられなかった。

迷子を見つけるのに手間取り、面談に一時間遅れた。

入学の話は、消えた。ハヤブサはそう思った。

王は例外なく忙しい。王の時間は限られている。面談の時間も当然そうだ。

機会は一瞬だ。一度逃せば、次はない。ハヤブサは戦いの日々の中で嫌と言うほど学んできたからこそ、五年の労力が泡と消えたことを悟った。

（……せめて、面談の機会を設けてくれたことへの感謝は伝えておこう……）

肩を落としながらもハヤブサはそう考え、足取り重く王城庭園へ向かった。

だが、王は優しい眼差《まなざ》しでハヤブサの遅刻を不問に処した。

非公式の面談であるのは、ハヤブサでもわかった。なにせその面談は王城庭園のブドウ棚の下で行われたのだ。国王である『風の君』と、王立王都第一高等学校の校長が同席した。たいした話もしていないのに、条件付きで編入を認めてくれた。

「風の君、その条件というのは？」

「王の要請に応じ、魔王復活を目論《もくろ》む者——主に魔人との戦いに助力してもらいたい。好戦魔導士の出自を隠し、こちらの指定する住居に住み、連絡係と行動を共にしてもらいたい。そなたの衣食住は保障する。働きぶりに見合った報酬も用意しよう」

「出自や住居や連絡係や報酬の件は、わかりました。ですが、王の要請に応じる時間は限らせてもらいたいです。学校生活を最優先にしたいので」

「……ふむ。たしかに、道理だ」

七月の水路の音と汗ばむ日差しの中で、風の君は豊かな口ひげを撫《な》でながら頷《うなず》いた。

「では、ハヤブサ。放課後や始業前はどうか？」

「ダメです。登校の準備がありますし、下校時間は級友との交流を深めたいです」

「なら、土曜と日曜の休日のみでどうか？」

「嫌です。学生の本分は勉強。勉強も仕事。仕事には休日が必要です」

ハヤブサの意思は明瞭《めいりょう》だった。

もちろん、風の君に対して感謝しかなかった。

感謝しかなかったが、譲れないものは譲れなかった。

いかに恩義ある風の君相手とはいえ、ここで下手に譲ろうものなら、一族の皆をぶっ倒すためにかけたあの五年の歳月が意味をなさない。

風の君の顔が曇っていたが、ハヤブサはまっすぐで迷いのない目を崩《くず》さなかった。

「ならば、ハヤブサ。いつなら時間が空いているというのだ？」

風の君の問いかけに、ハヤブサは人生で一番頭を絞って、辛くも答えをひねり出した。

「……休み時間、なら。そう、ひよっこ探偵オスカーで読みました。学校の授業には休み時間なるものが十分ほどある、と。休み時間の十分なら、王の要請に応じられます」

ハヤブサは良い案だと思ったが、風の君の顔にはありありと困惑の色が浮かんだ。

「……十分……だけ？」

「はい」

「……たしかにハヤブサ、そなたが瞬間移動の名手であると、私も聞き及んでいる。しかし、魔王復活を目論む強大な魔人を相手に、たった十分では……」

「十分あれば、大陸中どこに現れた魔人だろうと、倒して学校に戻ってこられます」

ハヤブサは譲らなかった。ひっきりなしに王の要請が来たら、学校生活どころではなくなってしまう。それでは、せっかく入学した意味がない。

それにハヤブサは自身の言葉通り、十分でケリをつける自信があった。

「そなたの提示した条件が条件だ、ハヤブサ。試させてもらっても、よいか？」

「はい」

ハヤブサは力強く頷《うなず》き、自身の言葉が嘘《うそ》ではないことをその場で証明してみせた。

その結果、条件は少し変わった。

『ハヤブサの入学許可および衣食住を保障する条件として、昼休憩を除く休み時間の十分間だけ王の要請に応じ、魔王復活を目論《もくろ》む悪の手先との戦いに助力すること。好戦魔導士の出自は隠すこと。指定の住居に住むこと。風の国の連絡係と行動を共にすること』

以上で、交渉はまとまった。

条件は多いが、好戦魔導士のハヤブサへ入学許可を出してくれたのは、風の国のみ。

ウィルブリーゼの王・風の君は「風の国は、万人に対して、教育を受ける権利を鑑みる。火の国のハヤブサ、学業に励みなさい」と後押ししてくれた。

憧《あこが》れの学校生活を送り、いずれ戦いとは無縁のまともな人間になる。そのために、ハヤブサは条件を飲んだ。風の国の王立王都第一高等学校への編入が認められた。

「受け入れ準備が整うまで、入学はしばし待ってもらいたい」

風の君にそう言われ、ハヤブサはうきうきと待った。

八月になると「準備が整うまでもうしばらくかかる」と連絡があり、九月になると「そろそろ準備が整う」と連絡があり、十月になると「入学は無理かもしれない」と連絡があり、十一月になった途端「十二月から編入学という形で、どうか？」と連絡がきた。

風の国の学校は九月入学だ。

先延ばしにされるのも、ふりだしに戻されるのも、ハヤブサは慣れていた。ハヤブサの受け入れ準備がかなり難航していたのだろう。九月まで待たされるだろうと、最悪この話はなかったことにされるだろうと、ハヤブサは腹をくくっていた。

十二月編入は朗報だった。

「ハヤブサ。お前が求める『平凡』は、一族の皆より強敵だ。心して挑め」

首長である父ハヤテが餞別《せんべつ》と共に送った言葉を胸に、ハヤブサは火の国を旅立った。

運河を進む船旅だ。

ペンタグラム大陸の水源地である水の国から流れる、六国に跨《また》り六つの呼び名を持つ大河を辿《たど》り、大陸西に位置する土の国を通って、大陸中央の風の国へと入った。

ぶっちゃけ縮地魔法でひとっ飛びすることもできたが、ハヤブサは船旅に拘《こだわ》った。『ひよっこ探偵オスカー』の主人公ヒヨコのオスカーは、亡き父のような立派な雄鶏になるべく故郷を出立し、ヒナドリ学園の寄宿舎へ向かう道中、木の葉の帆船に乗るのだ。

ハヤブサはその場面に強い憧れがあった。

なにより、ハヤブサは平凡で普通でまともになりたいのだ。普通の人間は縮地魔法なんてホイホイ使ったりしない。王の要請以外でなるべく魔法は使わない。

ハヤブサなりの決意だった。


「坊ちゃん、もうすぐだぜ！」

風を孕《はら》んだ縦帆の上から声がして、小説をめくる手を止めてハヤブサは見上げた。陽射しで和らぐ冬風の中、見知った髭面《ひげづら》の船員がマストの上からハヤブサに手をふっている。

スクーナーと呼ばれる二本マストの縦帆帆装の船だ。横風を受けてやや傾きながら、ぐんぐんと大河を進んでいた。すれ違う船の数がぐっと増え始めている。運河の岸辺には農地や民家や街道が見え、帆走を利用したランドヨットが車輪を回して陸地を行き交っていた。

風が常に一定の方向に同じ強さで吹いている。

風の国ウィルブリーゼが得意とする精霊術によるものだ。

髭面の船員が示した指の先を見ると、大河の向こうに帆を下ろして接岸する大小さまざまな船がある。大きな河川港のさらにその先、もっと大きな街があるようだ。

ハヤブサは小説を懐に仕舞い、マストをするすると登った。

「王都だ」

細めた目を見開き、ハヤブサは感嘆した。

でんっと聳《そび》え立つあの王城は間違いない。

半年前に来たばかりだというのに、王城はもちろん緑の瓦《かわら》の背の高い街並みすら、初めて見たのかというほど新鮮に映った。縮地魔法による瞬間移動の味気なさとはまるで違う。

船旅だからこその風情にハヤブサはぐっときた。

ペンタグラム大陸中央に位置する、風の国ウィルブリーゼの王都セントラルブリーゼだ。〈風の耳目〉と現在呼ばれている国家情報局を組織し、予見されていた六十二年前の魔王復活を未然に阻止した先々代の風の君と、それに続いて通信符術を編み出して今日の平和の基礎を築き上げた先代の風の君は、ペンタグラム大陸六国の歴代君主の中でも名君との呼び声高い。

河川港はもうすぐだ。

ふと露天甲板を見ると、他の乗客たちが手荷物を抱えながら船内の階段をぞろぞろと上がってきている。ハヤブサはマストからするりと降りるなり、懐の小説を風呂敷包みへと仕舞い、背負った。いそいそと上陸の支度を整えていると、船尾のほうから歌声が聞こえてきた。

「あわれ木の葉よ、風に舞う。錦のうえで、胸をはり。ボロのうえなら、うつむいて。風を忘れて、あらおかし。木の葉は木の葉、あらおかし。いじもいくじも、なき木の葉。見ようも聞こうも、せぬ木の葉。風を忘れて、あらおかし」

舵輪を握る船長の歌声だ。風の国出身と言っていた。船旅の無事を祝ってのことだろうか。風の国の童謡らしい。道中、船長や髭面の船員がよく歌っていた。

異国の歌だ。

楽しげに歌い上げる船長の歌声を聞くたび、火の国のハヤブサはわくわくした。

港のにぎわいは目と鼻の先だ。ほどなくして係留のロープが結ばれ、渡しの板が桟橋へと架けられると、船からぞろぞろと乗客が降り始めた。

船旅はもう終わりだ。

ハヤブサは船乗りと別れの挨拶《あいさつ》をかわし、足の裏にくっついた名残り惜しさを船の縁でこすり取ろうとした。小魚が桟橋の日陰で身を寄せ合い、ちゃぷちゃぷと小波が音を立てている。

桟橋の板を軋《きし》ませて、ハヤブサは風の国の王都河川港へと降り立った。

ハヤブサは晴天を見上げ、綿雲を吸い込まんばかりに鼻を膨らませた。岸辺と港のにおいにやや混じっている香辛料の香りは、接岸する船からのものか港の保税倉庫からのものか。十二月のひんやりとした空気でも、ハヤブサの興奮はちっとも冷ませなかった。

十七歳にして、初めての学校。初めての留学。

まったく未知なるドキドキの新生活の、最初の最初の第一歩だった。

「くぅ～」

長かった。ハヤブサはそう思った。

ここまでくるのに、五年かかった。五年かかったけれど、ここまでこられた。ひとしきりハヤブサは感慨に浸ると、岸辺へと向かい周囲をきょろきょろ見回した。

（……連絡係の人が、声をかけてきてくれる手はずだけど……）

ハヤブサが知っているのは、キッカという名前だけだ。

顔は知らない。

王直属の連絡係の女性で、ハヤブサと同い年らしい。キッカは国家情報局〈風の耳目〉で働く通信符術士で、一足先に王立王都第一高等学校に通っているそうだ。

ハヤブサの風の国での住処は、キッカの家に下宿する形となる。風の君にお願いした「風の国の普通の家庭を知りたい」という要望が受け入れられたのだ。

(最初の印象が大切だ)

ハヤブサは戦いの日々で学んできた。相手に与える最初の印象が物事の成否を分かつ。戦いにおいては強さの格の違いを最初の一撃で叩《たた》きこむことが肝要だった。

(ふつうの人間関係なら、人当たりのよい印象を叩きこむことが大事なはず)

怖がらせない。礼儀正しく、声は穏やかに、嫌な印象を与えないように。

それが重要だ。ハヤブサは肝に銘じていた。

(キッカさん、どんな人だろう?　いい人だったらいいなぁ……)

風の君の知らせによれば、キッカはハヤブサの顔を知っているそうだ。半年前の王城庭園には念写士がいたらしく、ハヤブサの詳しい風体は共有済みとのことだ。さすがは国家情報局〈風の耳目〉といったところか。風の国ウィルブリーゼの諜報力の高さの一端だ。

ハヤブサの到着予定は知らせてある。港で待っていれば声をかけてきてくれるはずだ。

ハヤブサはうんしょと軽く伸びをした。

待つのは得意だ。待たされるのも、なかったことにされるのも、振り出しに戻されるのも、この五年で散々経験してきた。そういうものだ。ハヤブサにとっては慣れっこだ。

なにより今、一歩も動かずして見るものがたくさんある。

係留された船で一服している船長や、積み荷を降ろす船乗り。保税倉庫前で言い争う役人と商人。丸い樽を器用に転がして運ぶ作業員の見事さ。紙に包まれた昼食らしきものを売りにきている女性と子供。それを物欲しそうに眺めている、倉庫の屋根にとまっているリッコクカラスの群れ。その群れにしれっとまじっている呑気《のんき》な一羽のカゼサギ。ランドヨットは入れ代わり立ち代わり市街地から荷物を運び入れ、港から運び出している。

一日中見ていてもハヤブサは飽きそうにない。

河川港のスロープに目を移せば、和気あいあいと釣り糸を垂らす子供たちの周りに、冬毛の野良猫が物欲しそうに数匹ちょこんと座り、時折急かすように「にゃあ」と鳴いていた。

「火牛が逃げたぞ！」

長閑を引き裂き、接岸した船のほうから鬼気迫る声がした。

木箱を蹴《け》り割る蹄《ひづめ》の音をたどってハヤブサが振り返ると、人々が蜘蛛の子を散らすようにわっと逃げていた。積まれた荷箱の陰に隠れ、あるいは荷台の上へとよじ登っている。

逃げ隠れる人々のど真ん中で、巨大な一頭の牛が木樽を角で突き刺し、船の帆桁《ほげた》よりも高く放り投げていた。火牛の首と鼻輪からロープがだらりと垂れている。

筋骨たくましい船乗りが数名、漁網や棍棒《こんぼう》を手に挑もうとしていたが、火牛がその場でぐるりと回りながら角を振り回すと、慌てて飛び退いた。

ハヤブサは、火牛とばちっと目が合った。

突き殺す獲物が決まった。火牛の双眸《そうぼう》がそう語っている。

体高二メートル近い火牛の巨体から湯気が立ち、深紅の毛が炎のように揺らめいていた。管理者が定期的に水浴びさせるのを怠ったのか、体内の発熱を逃せず興奮状態になっているようだ。「あぶねえ!」「坊ちゃん、逃げろ!」という掛け声がそこかしこから飛んでいた。

しかし、ハヤブサの背後には釣りをする子供たちと猫がいる。

角を怒らせて後ろ脚で岸辺を蹴《け》る火牛とばっちり目が合いながらも、ハヤブサは一歩も動かなかった。火牛の原種は炎を纏《まと》い、体は倍くらい大きく、気性はより荒い。

(……原種じゃない)

目の前の火牛は、家畜化された後の種だ。

好戦魔導士や竜や魔人の眼光と比べたら、いきり立つ火牛の目など優しいものだ。などと呑《のん》気《き》に構えているうちに、頭を下げた火牛がどかどかと足音を響かせ、ハヤブサの目と鼻の先まで迫っていた。ハヤブサはとっさに右手で火牛の角先を摑み、ぐんっと体重をかけた。

それは一瞬の早業だった。

一番驚いたのは、火牛だったろう。火牛は前脚からがくんっと崩《くず》れ落ち、自らの突進の勢いのままに河川港のスロープを転がって、ばしゃんっと川に落っこちた。あわあわと火牛はスロープから這《は》い上がってきたものの、冷や水を浴びて身体の熱が冷めたのか、ぶるぶると身体を震わせるとその目はずいぶんと落ち着きを取り戻していた。

（あ、ちょっと強めにやっちゃったかも……）

ハヤブサは自身の右手に目を落とし、握り折ってしまった火牛の角を慌てて手放した。握力の強さを怪しまれ、好戦魔導士の出自が露見する事態を招きかねない。ちらりと見やると、猫は逃げていたが、釣り竿を抱えたまま子供たちは立ちすくんでいた。

火牛を川に落とすという判断は正しかったようだ。

「大丈夫か、坊ちゃん!?」

「ケガは!?　痛いところはないか?」

駆け寄ってきた船乗りたちに呼びかけられ、ハヤブサは頷《うなず》いた。

「大丈夫です。どこも痛くないです」

「お、おお。そうかい。そいつはよかった」

「いやぁ、坊ちゃん、運がよかったなぁ」

「火牛が足を滑らせてなかったら、大怪我してたぞ」

「どんくさい坊ちゃんだよ、まったく」

ハヤブサが火牛の角を摑んでこかした、とは誰も思っていないらしい。火牛が足を滑らせて頭をぶつけた拍子に角が折れた、と思ってくれているようだ。大事故にならずに済んだと、見物人たちはほっとした笑みを見せ、それぞれの仕事へと戻り始めた。件《くだん》の火牛も船乗りに鼻輪を摑まれ、海水を背にかけられながらトコトコと大人しく歩き出している。

(よかった。バレてない)

魔法を使わなかったおかげだろう。

自分が小柄で、あどけない顔立ちをしているからでもあるのか。

ハヤブサもほっとした。ところが、去り行く見物人の中でたった一人だけ、笑っていない少女が立ち止まっていた。年の頃はハヤブサと同じくらいか。飾り気のないキュロットスカートと白いブラウスの着こなしからして、シンプルな衣装を好む風の国の人だろう。

コートを羽織る少女のくりっとした目の奥には、明らかに恐れが見てとれた。

少女は気付いている。ハヤブサが火牛に何をしたのか。なぜ、そんなことができるのか。

(……あ、ってことは、この人が……キッカさん……？)

ハヤブサは軽く会釈した。

会釈を返して少女が近づいてくると、花の香りがふわりとした。石鹸《せっけん》のものか、香水のものか。一般的に流通している香りとは、似ているもののやや違う。ハヤブサは鋭く嗅《か》ぎ分けた。

通信符術は『精霊術』の一種であり、精霊術を操るものは香りを操る。

少女のにおいは精霊術に親しむものの香りなのではないか。

ハヤブサのその洞察を裏付けるように、少女は緊張した面持ちで居住まいを正している。

「す、すごい魔法ですね、あんな大きな牛をあっさりと……」

「……いえ、使ってない、ですけど……」

「え?」

「さっきのは、魔法じゃないです」

「……いまのが、ですか?」

少女の瞳《ひとみ》の奥に明らかな動揺が広がるのを見て取り、ハヤブサは焦りつつも頷《うなず》いた。

「は、はい……」

「……そう、なん、ですか……」

ぎこちなく頷く少女の額には、じっとりと汗がにじんでいた。

ハヤブサも脇に汗がにじんできた。なんだかすごく気まずい。ハヤブサが大切にしようと心掛けていた自身の第一印象が、すでに、とんでもないことになっている気がする。

(魔法使わずにああいうことすると、こんなに気まずい感じになるんだ……)

やらかした。とハヤブサは内心、頭を抱えた。

(さっそく、怖がらせちゃったっぽいぞ……たぶん、この人、いい人なのに)

ハヤブサは少女を一目見て善人だと感じた。

戦いまみれの日々の中で、対峙《たいじ》した相手の雰囲気から何かしらの情報を嗅《か》ぎ取る力が鍛えられたのか、ハヤブサのこの感覚はなかなか外れたことがない。

「火の国のハヤブサです」

ハヤブサは襟元を正し、できるかぎりハキハキと名乗った。

「ハヤブサ・ウィザーズ・ゴウカです」

「申し遅れました。か、風の国のキッカです。き、キッカ・ウィルブリーゼです」

キッカの表情には緊張があふれていた。

ハヤブサとしては慣れたものだ。ハヤブサの出自を知っている庶民は、大抵こういう反応をする。好戦魔導士一族に対する世の中の目がどういうものかは、嫌というほど自覚がある。

(もう怖がらせちゃ、ダメだ)

ハヤブサの胸に未だ残る砕け散った初恋の破片が鋭く、今なにを重視しなければいけないのかを、疼《うず》きを発しながら突きつけてきた。

(キッカさんと仲良くなるとか、そんな大それたことを考える前に、まず、これ以上キッカさんを怖がらせちゃいけない。キッカさんに嫌われたら、学校に通えない)

学校に通うための条件は『王直属の連絡係と行動を共にすること』だ。キッカ・ウィルブリーゼが『この人、怖いから無理です』と役目を辞退すると、確実に学校生活に支障がでる。

王の要請にも応えられない。

支障どころか、学校生活そのものがなくなりかねない。

（なにより、ふつうの人は誰かを怖がらせたりしない……）

自分の居場所を得るために誰かを怖がらせるような者は、まともな人間ではない。ハヤブサは、ふつうでまともになるために、血のにじむ五年をかけてこの国にきた。

（キッカさんに信頼されたいんだ、俺は）

ハヤブサは全力でにこやかにし、穏やかな声を心掛けた。

「よろしくおねがいします、キッカさん」

「こちらこそ、よ、よろしくおねがいします、ハヤブサさん。……あ、あの、ウィザーズという氏族名は好戦魔導士一族を意味するので、ハヤブサさんの事情を知らない相手には名乗らないほうがよいです。庶民は、氏族名をおおっぴらにしませんから」

声を潜めて冷や汗を垂らすキッカは、とにかくぎこちない。

普段のキッカはきっとこんな風ではないのだろう。

ハヤブサは前途の多難さを知った。キッカにいずれ怖がられなくなるよう、まともで平凡な人間になる努力をせねばと、ハヤブサは自分を叱咤《しった》した。

「ハヤブサさん、こちらへ。王都をご案内します」

おっかなびっくり案内を始めるキッカの後ろについていき、ハヤブサは風の国の一般的な市民の暮らしぶりをたずねながら、しげしげと見て回った。港から大通りへと出る時もそうだったが、大通りから目抜き通りへ出ると、人と車輪の活気が一段と増した。

道幅は広く、並ぶ建物はどれも四階はあるだろう。

路上でアコーディオンを奏でる人が多く、キッカ曰く、近頃流行っているそうだ。数年前はハーモニカとクラリネットが路上演奏で流行っていたらしい。

広場には露店がならび、キッカが言うには、通りごとに日替わりで市場が開かれているらしい。骨董品《こっとうひん》や古本もあれば、陶器や調理器具もあり、食材も揃《そろ》うそうだ。

風の国ウィルブリーゼはペンタグラム大陸中央にある。その文化風習は周辺諸国の影響を受けて複雑に混ざりあうことで、どの国の文化にも似ていて、しかし独自性がある。水運と陸運に力を注いできた国で、周辺諸国からの移住者も積極的に受け入れてきた。

『風の国にくれば六国の流行がわかる』

ハヤブサが火の国で読んだ旅行冊子にはそう書いてあった。

少し歩くだけで、いろいろなにおいがしてくる。美味しそうで、まずそうで、あまそうで、すっぱそうで、にがそうで、香ばしそうで、腐っていそうなにおいだ。混然としていて嗅《か》ぎ分けられない。都会にくるたびに、ハヤブサはにおいの歪さに混乱する。

風の道とよばれる道路があり、精霊術で風が操られ、大小さまざまな風車が回っている。碁盤状に道路が通っている整然とした区画もあれば、曲がりくねった道に迷いそうになるごちゃごちゃとした区画もあれば、だだっ広い野原のような公園もあった。大通りには大小さまざまなランドヨットが行き交い、帆と車輪を弾ませて人々や荷物をせっせと運んでいる。

街中を行き交う人々が挨拶《あいさつ》一つ交わしあわない。

(都会だ……なんだかお洒落《しゃれ》で、お洒落だけれど、誰が誰だかわからない。……都会だ)

どこを見てよいものかと、ハヤブサはきょろきょろとした。十歳から各地を転戦してきているし、都会にだって何度も来た。だからこそ、憧《あこが》れよりも苦手意識が強い。

好戦魔導士は町や都会を好まない。

人々が動かせない家を建てて密集している場所が、好戦魔導士は得意ではない。

ハヤブサも一族の例にもれなかった。

そこで戦いになると必ず何かがぶっ壊れ、誰かにぐちぐちと文句を言われるからだ。「なにがぶっ壊れても人間が文句を言わない、辺境の野原や森や山や川が一番いい」と好戦魔導士の大人たちは、星空の下で焚《た》き火を囲み、酒を酌み交わしながらしみじみとそう言う。

(俺も、ここにいたら、しみじみそう思うようになるのかな……?)

行き交う人々を眺めながら、ハヤブサはふとそう思った。

その思いを振り払いたくて、ハヤブサはすぐに顔をぶんぶんと振った。

(ちがうちがう、しみじみそう思わないような人生にするために、俺はここに来たんだ)

ハヤブサはもう一度、町並みを見回した。

(好きになろう)

ハヤブサはぐっと拳《こぶし》を握った。

〈学校のあるところなんだから。これから、住むところなんだから〉

「――さん？　ハヤブサさん？」

キッカの呼び声にハヤブサは我に返った。雑踏の音すら忘れていた。

「なんでしょうか？」

「ハヤブサさん。欲しいものとか、ありますか？」

「……それなら、懐中時計が欲しいです。使っていたのを幼馴染《おさななじみ》にあげたので」

風の国の時計といえば、多種多様なことで有名だ。縮地魔法を学び始めた頃は移動誤差が酷く自分の現在地を見失って迷子になることが多々あり、その度に、天測航法を使って生還していた。時計と六分儀と天測暦と地図が必需品だった。

「休み時間に王の要請を受けた時、次の授業までに帰ってきたいですから」

「わかりました。時計屋さん、ですね」

キッカがズボンから四角く薄い紙片を取り出した。通信符だ。キッカが左手の内側に通信符を湿布のようにぴたりと貼りつけ、指で奇妙な形をつくっている。それが『印相』と呼ばれるものであると、ハヤブサは知っていた。通信符の操作法だ。

キッカは〈風の耳目〉と連絡を取り、最寄りの時計屋を教えてもらったらしい。キッカが案内してくれた時計屋は、キッカ当人が目を丸くするほど立派な店構えだった。

冷やかしと思われても不思議ではない年若い男女の来店に対して、店主の対応がやけに丁寧だったのは、連絡が先にいっていたからだろうか。

機械仕掛けの手巻き式の懐中時計もあれば、精霊の力を借りて時間を測る懐中時計もあり、持つ人間の感じる時間にあわせて針が動く奇妙な時計もあった。精霊時計は面白い機能があるものの、精霊のご機嫌を取るために、四日に一度は香を焚《た》く必要があり、それを怠ると時間が思いっきり狂うらしい。ハヤブサは華ネジのクロームメッキの懐中時計に目が留まった。機械仕掛けで、金細工が美しい。一目見て気に入り、手に取ってしっくりきた。

「これにします」

ハヤブサは迷わず小切手を切って支払いを済ませた。

「キッカさんも、どうですか？」

買いませんかとハヤブサは勧めたが、キッカは驚いたように首を横に振った。

「私は遠慮します。お手頃な品ではないので……」

「そう、でしたか？」

「はい」

（……俺って、お金に対する考え方まで、ふつうじゃないのかも……）

ハヤブサははっとした。明日死ぬ前に今日使え、が好戦魔導士一族の信条だ。だがキッカの反応を見る限り、ふつうの人々というのはそういう考え方ではないらしい。物の値段というものに対してすら、どうやら根深い差があるようだ。

　店から出るなり、ハヤブサはもう一つ欲しいものがあったと思い出した。

「キッカさん、地図も欲しいです。この王都の」

「精密なものでしょうか？」

「いえ、絵地図がいいです」

「観光客用のものなら、この先の通りの売店にあります。それで構いませんか？」

　キッカの口調が滑らかになってきていて、ハヤブサは頷《うなず》きながらほっとした。少し王都をぶらぶらしながら話し合っただけで、キッカの緊張もややほぐれてきたようだ。

　ハヤブサは縮地魔法の精度を上げるためにペンタグラム大陸中の精密地図を頭に叩《たた》きこんでいく過程で、町ごとに売られている絵地図の魅力に気づいた。精密地図の地図記号や等高線では到底表せない風情というものが、絵地図にはある。

　歩きながらハヤブサが懐中時計の華ネジをいじっていると、キッカが小首を傾げた。

「ハヤブサさんが使っていた懐中時計、どうして幼馴染《おさななじみ》のかたに譲られたんですか？」

「どうしてもほしい、って、駄々こねられて。餞別《せんべつ》がほしい、って」

「……餞別っていうのは、ハヤブサさんがもらうものなんじゃ……？」

「ですよねぇ。おかしいなって思ったんですけど、船が出る間際だったし、気づいたら押し切られちゃって。まあ、いいかなって。ずっと一緒だったので」

ハヤブサはあっけらかんとして笑ったが、キッカは釣られて笑みを見せながらもどこか慮《おもんぱか》るような柔らかい目をしていた。心のひだの傍らに一片の花でも供えられたような、不思議な感覚がしてハヤブサは少し戸惑った。気遣うつもりが、気遣われてしまった。

王都の街並みは少し歩くだけで雰囲気が細かく変わった。火の国の握り飯が売られているかと思えば、土の国の肉饅頭《まんじゅう》が蒸されている。風の国のサンドイッチを頬張る人の横で、水の国の魚の燻製《くんせい》が店先に吊るされているかと思うと、雷の国で嗅《か》いだことのある香辛料と油の匂いがして、氷の国の酒の匂いを漂わせた酔っ払いが道の端っこで寝転がり、「おいおい、じいちゃん。風邪引いちまうよ」と警官二人がその酔っぱらいを介抱している。

『風の国にくれば六国の流行がわかる』とは、言い得て妙だ。

売店はランドヨットが行き交う交差点の角にあった。

近くに酒場でもあるのだろう。蒸留酒の香りが漂ってくる。何も言わずキッカがささっと支払いを済ませて売店のおばあちゃんから絵地図を受け取った、その時だった。

「っけんじゃねえ!」「んだとこのやろう!」

酒瓶の割れる音と男同士の罵声が聞こえ、ランドヨットの急ブレーキの音が響いた。

交差点の真ん中だ。

ガタイのよい強面《こわもて》の男が二人、顔を赤らめて胸倉をつかみ、もみ合いになっている。実力伯仲の喧嘩《けんか》のようだ。近くの酒場から見物人がわらわらと出ていることからして、酒場での諍《いさか》いが交差点の真ん中まで引っ越ししてきたらしい。

ランドヨットや馬車の渋滞がもう発生していた。

ハヤブサがぼんやり眺めていると、キッカが交差点の真ん中めがけて歩き出した。

「早く止めないと……」

「あの二人は、キッカさんのお知り合いなんですか？」

「知らない人ですけど、王都警察がやってきて、ことが大きくなってしまうので。このままだと、誰にとっても、あの二人にとっても、いいことになりませんから」

キッカの顔は強張《こわば》っていたが、それでも仲裁に乗り出そうとしている。

とても親切で面倒見がよいのだろう。

（キッカさん、いい人なんだなぁ……よし）

キッカの信頼を勝ち取りたい。ハヤブサはその一心だった。

ハヤブサの得意なこと、いいところを見せる絶好の機会だ。

「キッカさん、俺に任せてください。俺、喧嘩の仲裁なら得意です」

ハヤブサは胸を張って進み出て、キッカを手で制した。交通を止めて交差点のど真ん中で胸倉をつかみ合う大の男二人へと、ハヤブサはつかつかと歩み寄った。

「お二人とも、ダメですよ、そんなことしたら」

ハヤブサは柔らかい口調と笑顔を心掛けてそう話しかけつつ、喧嘩している二人の側頭部を鷲摑《わしづか》みにすると、傍に止まっていた大型ランドヨットの側面にぼごんっとめり込ませた。

一撃だった。

人の頭蓋骨《ずがいこつ》が放つ音の美しさでわかる。骨は傷つかず、脳だけが揺れる時の音だ。

（よし）

完璧な力加減だったとハヤブサは手をパンパンした。

激昂していた二人はうんともすんとも言わない。喧嘩《けんか》の形跡はあとかたもない。二人が目を覚ますころには、喧嘩の原因はおろか、喧嘩していたことすら覚えてないかもしれない。

ハヤブサはこうして好戦魔導士同士の喧嘩を何度も仲裁してきた。

ハヤブサが知る限り、これが一番よい方法だ。

（キッカさんに、ちゃんといいところを見せられ――……あれ？）

得意げに振り向いたハヤブサは首を傾げ、キッカの顔色を見て嫌な予感がした。

キッカが持っていた地図をぽとりと落とし、顔面蒼白《そうはく》になっている。キッカがごくりと唾《つば》を飲み込んで、絞り出すように声を震わせた。

「は、ハヤブサさん……それは喧嘩の仲裁じゃなくて、喧嘩の粉砕です……」

（し、しまった。このやり方は、普通じゃなかったんだ……!?）

青ざめるハヤブサの耳に、王都警察の到着を知らせる笛の音が響いた。

現場には気絶する大の男二人と、気絶させたハヤブサ。目撃者は多数。ハヤブサがふと冷静になって状況を考えてみると、自身は喧嘩の仲裁者ではなく、喧嘩の勝者でしかなかった。

キッカの反応からして、ハヤブサがしでかしたことは大ごとのようだ。

警官と目が合った聴衆は、迷わずハヤブサを指さしている。

（……ってことは、警察の人が捕まえようとしてるのって……俺、ってこと？）

ハヤブサはハタと気付いた。

風の国の港に降り立って半日も経たずに警察に拘束などされたら、どうなるか？

当然、警察の世話になったという一報が王立王都第一高等学校へ行くに決まっている。

最悪の想像がハヤブサの脳裏をよぎった。せっかく許可された入学が取り消しになりかねない。まだ一日も学校に行っていないのに退学になるなんて、とんだお笑い草だ。

大変だった五年の修練が水の泡になってしまう。

（ど、どどどっ、どうしようっ……!?）

激しく焦るハヤブサの右手が、警官にがっしりと掴まれた。顔を見れば、先ほど路上で寝ていた酔っ払いのお爺さんを介抱していた、あの警官らしい。

「キミ、署のほうで事情を聞かせてもらうよ。いいね？」

警官の目は険しかった。

目撃者は多数だ。言い訳のしようもなく、ハヤブサは頷《うなず》いた。

「……は、はい……」

ハヤブサが左手に違和感を覚えて見ると、キッカに掴まれていた。

「ハヤブサさん、今は王都警察に従ってください。こちらで、なんとかしますから。自分でなんとかしようとしないでください。いいですね？」

キッカの慌てた念押しに、ハヤブサはこくこくと頷《うなず》くしかなかった。

車輪のついた重厚な棺桶《かんおけ》としか思えない狭苦しいランドヨットの護送車にのせられて、狭い窓から見える街並みが流れていくのを呆然と眺めていると、水平軸風車よりも垂直軸風車が目立ち始め、その頃合いに護送車が止まった。城下二番街、と標識にある。

古い街並みだ。煉瓦《れんが》造りの警察署は目の前だ。

心の整理なんてつくはずもない。

あれよあれよという間に、机を挟んで二つの椅子があるだけの取調室へと案内され、ハヤブサはうながされるままに座った。先輩らしき警官が後輩らしき警官の肩をぽんと叩《たた》いた。

「新米、今日はお前がやれ」

先輩警官はそう言うなり取調室を出ていった。隣や向かいの部屋からだろうか、荒くれ者と思《おぼ》しき怒鳴り声やら、警官の一喝やら、酔っ払いのものと思しき叫び声やら、喉《のど》が千切《ちぎ》れるのではないかと思えるほど甲高い女性の笑い声などが聞こえてくる。

警察署だ。

まともで普通で平凡な生き方を目指すのなら、戦場と賭場と先物取引所の次に連れてこられてはいけないところだということくらい、ハヤブサでも知っている。

出自は隠すと、風の君と約束した。警察官相手でもそれは有効のはずだ。ハヤブサの出自を知られてよいのは、国家情報局〈風の耳目〉の関係者のみだ。氏族名を伏せつつ慎重に入国目的や喧嘩《けんか》粉砕の経緯を話し、ハヤブサはおそるおそる、正面に座る新米警官に尋ねた。

「あのぅ、俺は……どうなるんでしょうか……？」

「まずいねぇ、暴力沙汰《ざた》は。キミ、留学生、なんでしょう？」

「は、はい。今日、来たばかりで」

「初日で、暴力沙汰は……ねぇ。学校にも、連絡は行くだろうし、うん。まあ、これから詳しく調べるけど、ことによっては国外退去、あるいは牢屋ってこともありうるかもね」

「そ、そうですか……そう、ですよね……」

風の国の港におり立ったと思ったら、もう檻の一歩手前だ。喧嘩を仲裁したと思ったら、喧嘩を粉砕してしまい、喧嘩の勝者となってしまっていた。

ハヤブサは取調室の鏡を見た。鏡に映る自分は顔面蒼白《そうはく》だ。

（ご、五年、かかったのに……ここまでくるのに、五年かかったのに……一度も学校にいけず、風の国から出ていくことになるなんて……）

ハヤブサは口元を手で覆い、自身の両膝をじっと見つめた。

お先真っ暗だ。

絶望の溜め息の生暖かさを手の平で感じるたび、息をすることすら億劫《おっくう》になっていく。暗澹《あんたん》たる未来が迫る中、しかしハヤブサはぞくりと一筋の光を見出した。

(やってしまおうか……この警察署、まるごと……)

脳裏をよぎるは凶暴な閃きだ。

ハヤブサは知っている。

戦いの毎日の中で学んできた。まずい状況に自身が陥った時は、もっとまずい状況に周囲を引きずり込んでしまえば、結局うやむやになることを。

(この警察署まるごと、まったく知らない外国に瞬間移動させてしまえば、署内はもうてんやわんやの大騒ぎで、俺への疑いがどうのとか、そんなこと言っていられなくなる)

ハヤブサは明確にイメージできた。

そのイメージは即実行可能で勝算もあったが、辛くもハヤブサは踏み止まった。

(ふつうの人は、たぶん、そんなことしない……)

ハヤブサはまともで普通になるために、この風の国にきたのだ。最初の最初の第一歩からまだろくに進んでいないのに、大きく道を踏み外してしまう気がした。

王の要請以外で魔法をホイホイ使ったりしない。そう決めたばかりだ。

(どうしよう……?)

さりとて、よい案はちっとも浮かばない。

難局を乗り切る糸口すらつかめず、焦燥感だけが増していった。

（言い逃れ、できそうにないぞ……やっぱり、警察署ごと丸っとやってしまうか……いやいやでも、キッカさんが、なにもするなって、言ってたし……）

余計なことをして、より事態がややこしくなるかもしれない。

（いやいや、違う違う！）

ハヤブサは首をぶんぶんとふって、覚悟を決めた。

（俺はキッカさんに信頼されたいんだから、まず俺がキッカさんを信頼しないでどうする）

ハヤブサはそう決めたとはいえ、生きた心地がしなかった。なにせ、全精力を傾けてやってきたことが潰えるかもしれない瀬戸際なのだ。

ばんっと取調室のドアを開けて先輩警官が入ってくるなり、新米警官の肩を叩《たた》いた。

「……彼の嫌疑が晴れた」

「へ？」

ハヤブサと新米警官の声が重なった。

「いや、しかし、目撃者が多数いますし、本人もこうして認めて――」

新米警官が異議を唱えるも、先輩警官は無表情のままがしっと肩を摑んだ。

「おい、新米。これ以上、彼に関わるな」

「え？　で、ですけど……」

「いいから、お帰り願え。署長命令だ。……事情は後で話す」

先輩警官の声は無機質だが、断固としていた。

「……は、はい……」

新米警官は目を白黒させ、ぎこちなくハヤブサに退室を促した。

取調室から解放されて警察署の床を数歩進んで、ハヤブサはあっと気付いた。この不自然な放免は、キッカが手を回してくれたからだ。

（……た、助かったぁ……）

ハヤブサが胸を撫《な》でおろして警察署を出ると、キッカが門の前で待っていた。

「ハヤブサさん、大丈夫ですか？」

キッカがほっとしたように肩を下げ、息を切らしつつも通信符を用いて国家情報局本部へと一報を入れている。一連の騒動の始末をつけてくれているのだろう。キッカの額には汗が浮かんでいる。走り回って、方々に連絡を入れて手を回してくれたらしい。

たしか、二番街には国家情報局〈颪の耳目〉の本部がある。

キッカの様子を見ているだけで、ハヤブサは申し訳ない気持ちで一杯になった。

（で、出会って半日も経たない内に、キッカさんにすごい迷惑をかけてしまった……）

「では、校長先生もこの一件への見解は……はい、はい。わかりました」

キッカがごにょごにょと応答し、額の汗を拭《ぬぐ》っている。

「ふう……」

キッカの口振りや様子からして、この一件はどうやら間一髪だったらしい。

「……ハヤブサさん、これで内々に済ませられるはずです。ただ次また同じことが起こると、こういう感じで済ませられる保証はない、とのことです」

と冷や汗を拭うキッカに、ハヤブサは「ほんとうにごめんなさい」と頭を下げた。

気まずい。とにかく気まずい。絶対に迷惑で乱暴で常識知らずの人間だとキッカに思われている。そう思われないようにしようと、注意していたつもりだったのに。

初日から大失敗だ。

ハヤブサは肩を落とし、西日の眩《まぶ》しさすら感じなかった。

「お、王都の見物はこれくらいにして、下宿先に行きましょう、ハヤブサさん」

「は、はい」

キッカにぎこちなくいざなわれ、ハヤブサはとぼとぼとその背中を追った。

一方向に風が流れ続ける大通りのランドヨットに乗ってしばらく進み、四番街の標識が見えたところで降り、風の寒さから逃れるように大通りから脇道へと入り、その脇道がさらに細くなるほど建物が密集し始めたところで、キッカが「ここです」と歩みを止めて手で示した。

二階建ての家だ。

三角屋根の部分が近隣の家屋より頭一つぶんだけ大きい。二階だけやや新しいような気もする。もともと一階建てだったものを増築したのだろうか。

大通りの建物と比べると、随分、こぢんまりとしている。

常在戦場を基本とする好戦魔導士一族は野営が普通だ。ハヤブサにとっては憧《あこが》れの『動かせない家』だ。ハヤブサには、外壁のヒビすらきらきらとして見えた。

(すごい……今日から、ここに住めるんだ……)

簡単に設営と解体ができるテントでの生活に馴染んでいるハヤブサにとっては、新鮮そのものだ。近所の人々だろう、キッカとすれ違うたびに通行人が気さくに声をかけてくる。近所の人たちはハヤブサを見るなり「ああ、彼が例の?」「留学生くんだね」「聞いてるよ」と訳知り顔だ。どうやら調味料の貸し借りをしあうほど密接な仲らしい。二階建ての三角屋根が密接している区画で、建物の年季と住民の年季が同じくらい古いのだろう。

狭い街路だが、大通りのように落ち葉やゴミは見られない。

「私の家族には、ハヤブサさんは風の国の留学生受け入れ促進プログラムでやってきた火の国の留学生、ということで説明しています。ウィザーズの氏族名は伏せてください」

キッカは自らの胸に手を当て、注意事項を続けた。

「ちなみに、私は仕事先の制度を使い休職し、留学生受け入れ促進プログラムへの参加を条件として高等学校に通えるようになった、ということで家族には説明しています」

「わかりました」

「ハヤブサさんの出自や、私の役目については、他言無用でお願いします」

キッカはそう言って「では、どうぞ、ハヤブサさん。上がってください」と促してくるものの、ハヤブサは玄関で立ち止まった。風の国は精霊信仰が強い国で、『家の中にいる精霊が嫌がるから』と、靴を脱いで家に上がる家庭が多い。とハヤブサは知ってはいたが、喧嘩《けんか》の仲裁で大失敗をしでかした一件が脳裏をよぎった。靴を脱ぐのが正解か、不正解か。玄関に並んだ靴が脱いであるものか、並べて飾ってあるものか、それすらハヤブサは判断しかねた。

(もうこれ以上キッカさんに常識知らないヤツだと思われたくない……)

失点を重ねるのは、非常にまずい。ハヤブサは好戦魔導士だ。第一印象をこれ以上損ねてしまうと、学生生活以前に、住むところがなくなりかねない。

だがどうすればいいのか分からない。

ハヤブサの頭は真っ白だ。

小さなプライドが邪魔をして冷や汗を流すハヤブサの横を通り、キッカが怪訝そうに「あの、私、先にあがりますね」と靴を脱いで家にあがった。

(脱いであがるのが正解だった……キッカさんに先に上がってもらえばよかったんだ)

ハヤブサが小さなことでドギマギしていると、奥のほうから「姉ちゃんお帰り！」と、ぱたぱたと七歳ほどの男の子と女の子が現れた。男の子は元気いっぱいと言った感じの瞳《ひとみ》をしていて、女の子のほうは落ち着いていて大人しそうな雰囲気だ。

キッカの弟と妹だろう。

ハヤブサがそう見て取ると、キッカが二人に促した。

「シー、ミュウ、ご挨拶《あいさつ》して。今日からうちに住む、火の国のハヤブサさん」

「ハヤブサです。ハヤブサ・ゴウカです」

ハヤブサが丁寧に名乗ると、七歳ほどの男の子が元気いっぱいに手を挙げた。

「ボク、シー！　よろしく、ハヤブサ兄ちゃん」

「ミュウ……です。よろしく、なの……」

シーの背中に少し隠れるようにしながらも、七歳ほどの女の子が握手を求めてきた。ミュウは引っ込み思案で恥ずかしがり屋のようだ。

ハヤブサが「よろしくおねがいします」と柔らかくもややぎこちない握手で応えると、「ボクもボクも」とシーに片手を取られてぶんぶんと威勢のよい握手を交わすことになった。

両手を塞《ふさ》いで握手していると、シーとミュウの後ろに、目元がキッカによく似た女の人が立っていた。年の頃は四十半ばか。ハヤブサと二人の握手を微笑《ほほえ》ましそうに眺めている。

「母です」

「いらっしゃい、ハヤブサくん。はじめまして、風の国のエレクトラです」

キッカの紹介を受けて名乗るエレクトラに、ハヤブサはしっかりとお辞儀した。

「火の国のハヤブサです。よろしくおねがいします」

「こちらこそ、よろしくね。火の国からの船旅は、大変だったでしょう」

「いえいえ、とても楽しい船旅でした」

「あら、それはよかった。きっと精霊の加護を受けた旅路だったのね。でも、明日から学校でしょう？　もうすぐ夕ご飯だから、いっぱい食べて、今夜はゆっくりしてね。ほらほら、シー、ミユウ、晩御飯の用意を手伝って。キッカ、ハヤブサくんをお部屋へ案内してあげて」

「うん。……ハヤブサさん、こっちです」

キッカにいざなわれるまま、ハヤブサは階段を上がって二階へ、二階から梯子《はしご》のような階段をあがって屋根裏へと出た。もともとは物置部屋だったのだろうか、床に様々な日焼けの跡がちらほら見受けられる。天窓もあり、ベッドや文机《ふづくえ》などの家具もあった。

西日も衰え始めたというのに、ハヤブサにはすべてがきらきらして見えた。

「キッカ！　ちょっと手伝って！」

階下からエレクトラの呼び声がして、キッカが立ち去りハヤブサは一人残された。背負っていた風呂敷包みの結び目を解き、肩の荷を下ろしてハヤブサは深く息を吸った。

屋根裏の匂い。ほのかに木の香りがする。

部屋だ。

自分の、部屋。個室。

送っておいたハヤブサの荷物が、ベッドの脇に置かれてある。

届けてもらうよう注文していた教材や、大好きな小説『ひよっこ探偵オスカー』シリーズを荷ほどきしつつ、どこに並べようかとハヤブサは悩んだ。

（どこに飾ろうかな……）

この小説はハヤブサのお気に入りだ。アンカット本という裁断がなされていない安価で装丁すらない本の、袋とじになっていたページを一つ一つペーパーナイフで切って開けて読み、それから布張りの装丁を職人にお願いしてつけてもらったものだ。

パイプをくわえたヒヨコのマークが愛らしい、世界で唯一の装丁がなされた本だ。

ひよっこ探偵オスカーの主人公オスカーは、ヒナドリ学園に通う一羽のヒヨコだ。フクロウ校長に頼まれて、学園で起こる多種多様な盗み食い事件を次々に解決していく名探偵だ。

とりあえず、一巻だけ文机《ふづくえ》の上に飾ってみる。

棚を作るか買うかすれば、もっとよくなるだろう。ヒヨコのオスカーの一人暮らしのシーンに自分を重ねずにはいられない。憧《あこが》れの『自分の部屋』だ。

ハヤブサは胸を躍らせた。

ヒヨコのオスカーは道中で見つけた粟を植木鉢で育てて、食費を浮かせていた。後々、自身の羽毛を育った粟の茎に忍ばせ、こっそり盗み食いをした怪盗カラスの犯行に気付くのだ。

（俺もなにか育てたいな、植木鉢で）

屋根裏部屋の真ん中に座って、想像を巡らせ、ただ息をしているだけで充足感があった。

五年かけた甲斐《かい》がある。五年かけたからこその甲斐でもある。

ハヤブサは静かに噛《か》み締めた。

「ねぇねぇ、ハヤブサ兄ちゃん」

呼びかけられて振り向くと、階段からひょっこりシーとミュウが顔を出している。

「どうしたんですか？　シーさん、ミュウさん」

ハヤブサは丁寧に言葉を選んだつもりだったが、シーとミュウはきょとんとしていた。なにかまずいことを言ってしまったろうかとハヤブサが疑心暗鬼になっていると、シーとミュウは互いに顔を見合わせるなり、くすくすと笑いだした。

「シーさん、だってさ、ミュウ」

「ふふっ、ミュウさん、だって……お兄ちゃん、変なの」

「さんづけじゃ、ダメですか？」

ハヤブサが尋ねると、シーとミュウは可愛らしく首を横に振った。

「好きに呼んで。ボクも呼ぶからさ、ハヤブサ兄ちゃん」

「お兄ちゃんはお兄ちゃんなのに、弟が二人になったみたいなの」

ミュウが嬉しそうに微笑《ほほえ》むと、シーがむっとした。

「弟二人って、なに言ってんだよ。妹はミュウのほうだからね、ハヤブサ兄ちゃん」

「ちがうよ、ミュウの弟がシーなの」

「ちがうちがう、妹はミュウ」

「弟はシー！　ミュウはお姉ちゃんなの！」

　揉め始める二人を前に、ハヤブサは風呂敷を折りたたみながら思った。

（双子、なんだ……シーさんと、ミュウさん）

「このまえ、じゃんけんで勝ったから今週はボクが兄ちゃんだろ」

「ずるしたもん！　シー」

「ズルじゃない。あたま使っただけ」

「両手でグーとパーだした。あんなの勝ちじゃない」

　週に一回、じゃんけんによって決定するという面白いシステムが採用されているらしい。風の国では一般的なものなのだろうか。あとでキッカに聞いてみようとハヤブサは思った。

「それで、シーさん、ミュウさん、ご用はなんですか？」

「あ、そだそだ。かあちゃんが、もうすぐご飯だから降りてきて、って」

「今日はシチューなの。ぜいたくなシチューなの。お兄ちゃんのおかげなの」

　シーもミュウもすごく嬉しそうだ。今日は二人にとっての御馳走らしい。そう言えば、この家に入った時から、肉の焼ける香ばしい匂いがしていた。

　ハヤブサが一階へと下りると、エレクトラが「そうそう」と話しかけてきた。

「ハヤブサくん、この家の大切なルール、教えておくわ。食事の前に手を洗うこと、食べる前に感謝をすること、朝と夜の食卓はみんなで囲むこと。いい?」

「はい」

「火の国の御実家では、違ったかしら?」

「……いえ。食卓はみんなで囲むものでした。たとえ、大喧嘩《げんか》した後でも」

「あら、そうなの。うちと同じだわ」

夕ご飯は葡萄《ぶどう》酒で煮込まれた肉のシチューだった。エレクトラが言うには、付け合わせのパンは近くのパン屋さんで買ってきたものらしい。四角い机を五人で囲み、椅子に座ってスプーンで食べるというのは、ハヤブサにとって新鮮だった。

和気あいあいとした食卓だ。食べる動作に入れないほど、皆よくしゃべる。

「お好きなんですよね、ハヤブサさん。ひよっこ探偵オスカー」というキッカの一言から、好きな本の話になり、本を買うお金の話になって、シーが身を乗り出した。

「ハヤブサ兄ちゃん、お小遣いは使う? ためる?」

「使い切ります」

「おんなじだ!」

シーが嬉しそうにする横で、ミュウがえっへんと胸を張った。

「ミュウは貯金するの。ミュウは偉いの」

「貯金? ミューさんは貯金、するんですね」

「こまってるひとにあげるの。そしたら、精霊さんがよろこぶの。いいことすると、精霊さんがよろこぶの。精霊さんがよろこぶと、みんなしあわせになるの」

精霊信仰は小さな女の子にも息づいているらしい。神話の時代の魔王によって見ることも聞くこともできなくなってしまった『精霊』との対話を、ずっと重んじてきた国柄なのだろう。火の国の信仰とは違いそうだと、ハヤブサには思えた。火の国にも竜との対話を重視する竜信仰が息づいているが、その対話とは流血と戦いを意味する。

「ハヤブサ兄ちゃん、火の国の人はどうなの？　貯める？　使い切る？」

「火の国の人の大多数は、たぶん、お金は使い切ると思います」

「お兄ちゃん、それ、よくないの。シーみたいに、いっつも困ることになるの」

「でもですね、大事に預けていても、竜がやってきたり火山が爆発したりして、すぐただの燃えカスになっちゃったらしくて。価値のある内に使っとけって、そう教えられるんです」

ハヤブサの説明に、ミュウが目をしばたたかせている。

シーが同胞を得たりとばかりに鼻の穴を膨らませていた。

「ハヤブサ兄ちゃん、火の国って、どこにあるの？」

「むー！　次、ミュウが聞く番なのにっ」

「いいだろ、ちょっとくらい」

「ダメ、かわりばんこって、約束したもん！」

「ミュウのケチ」

「んー！　シーのバカ！」

ミュウがぼかっとシーの頭を叩《たた》くと、シーもすぐに叩き返した。二人とも顔を真っ赤にして互いをぼかぼかと叩き始め、ぎゃあぎゃあとケンカし始めた。

（わわっ!?　えっと、とめなきゃっ、ケンカ！）

和やかだった食卓の変貌《へんぼう》ぶりに、ハヤブサはあたふたした。

（で、でも――）

どうやって？

どうやって止めるのが『普通』なのか。

（ふたりともぶっとばすのは、違うぞ。それが違うのは、もう知ってる）

だが間違いを一つ知ったところで、正解にたどり着けるわけでもない。

力こそ正義であった好戦魔導士一族での生活とはまるで違う。「『平凡』は我が一族の皆より強敵」という父ハヤテの声が脳裏をよぎり、ハヤブサは自らの非力を思い知った。

ハヤブサがあわあわしていると、キッカが二人の間にずいっと身体を挟み込んだ。

「二人とも、やめなさい」

キッカの口調はとても落ち着いていた。この手の仲裁に、よほど慣れているのだろう。キッカは見ず知らずの人の街中の喧嘩《けんか》ですら止めようとしていた。

喧嘩《けんか》仲裁の手練《てだ》れなのかもしれない。

キッカは二人の手を優しく取ったきり、黙ってシーとミュウを交互に見やり、二人の乱れた呼吸が落ち着くのを見計らったかのように、しっとりとした声音で切り出した。

「約束を破ったのは？」

「……ボク」

「先に手をあげたのは？」

「ミュウ……」

「二人で話して決めたことを守ってくれなかったら、シーは、どう思うの？」

「……いやだ。かなしい」

「悪いことしたとしても頭たたかれたら、ミュウは、どう思うの？」

「……いたいし、こわい……」

「じゃあ、お互いに言うことがあるはずでしょ」

キッカが促すなり、シーとミュウは互いに「ごめんなさい」と謝った。キッカの冷静な物腰に巻き込まれ、すっかりミュウもシーも落ち着きを取り戻している。

キッカの手並みは鮮やかそのものだった。

喧嘩を拳《こぶし》一つ使わず仲裁してみせたキッカの手腕に、ハヤブサは目を丸くした。

（あっという間だ……まるで、息を吸うみたいに……）

ハヤブサは感嘆の吐息が漏《も》れ出た。

「キッカさん、すごい……！　ケンカ、とめるの、上手」

ハヤブサが羨望《せんぼう》の眼差《まなざ》しをキッカに送ると、シーとミュウやエレクトラが顔を見合わせた。

「ハヤブサ兄ちゃん、変なの」

「お兄ちゃん、ミュウより頼んなさそうなの……」

「火の国の人は勇ましいって聞いてたけど、ハヤブサくんはこういうの、慣れてないのね」

シーもミュウもエレクトラも微笑《ほほえ》んでいる。幼子の喧嘩を前にしてうろたえていたハヤブサの姿は、喧嘩の当人たちにとってすら、なかなかに滑稽《こっけい》なものだったらしい。

（な、なんだか受け入れてもらえたっぽいぞ……）

ハヤブサはほっとした。

同居人を怖がらせるなんて論外だ。そんなのはまともでも普通でもない。ハヤブサはちらりとキッカを見やった。ハヤブサから目を逸らすキッカの肩にはまだ強張《こわば》りがある。

（……キッカさんにも、怖がられないようにならないと……）

ハヤブサはぐっと気を引き締め、夕食のシチューを頂いた。

テーブルマナーは見よう見真似だ。キッカもエレクトラもシーもミュウも、シチューを啜《すす》っていない。だからハヤブサも啜らなかった。パンをちぎって皿に残ったシチューをこすり取るようにして食べるシーとミュウを、ハヤブサも真似した。飴色《あめいろ》タマネギと葡萄《ぶどう》酒と香草と肉の風味が、炙《あぶ》ったパンの美味《うま》さをさらに引き立てている。

「おかわり、どうかしら？」

エレクトラの申し出を「ぜひ」と受け、ハヤブサはぺろりと平らげた。

シーとミュウに教えてもらいながらハヤブサが食器を片付けていると、ご近所さんたちが食後のおやつを手にしてやってきた。精霊に捧げる歌を歌いながら、宴会のようなものが始まった。花の香りの水を噴霧しながら、甘いものを食べて、和気あいあいと談笑するのだそうだ。魔王によって孤独な定めを与えられた精霊へと、そうやって人の想いを伝えようとするのが、風の国の大切な文化なのだろうなとハヤブサには思えた。

星空の下で焚《た》き火を囲む好戦魔導士一族のものとは違っていて、けれどどこか似ている。精霊ランプのあたたかな灯りを囲む宴会は「ハヤブサくんは船旅で疲れてるんだから、聞きたいことは明日聞きなさいな」というエレクトラの一言で、一時間ほどでお開きになった。

ハヤブサは歯を磨き、明日の登校準備をしようと屋根裏部屋へ戻った。

シーとミュウが屋根裏部屋までついてきて、二人から質問攻めにあい、ハヤブサはいろいろと話した。話しながら、聞き返した。この家がお父さんが遺《のこ》してくれた大切な家で、かくれんぼをする時はこの屋根裏部屋によく隠れては、キッカに見つかったらしい。なんだか話が弾んでしまい、シーとミュウはエレクトラやキッカに急かされてもなかなか歯を磨こうとしなかった。ハヤブサも何度か促したが一足遅く、しまいにエレクトラの雷が落ちた。

「……お兄ちゃん、おやすみなの……」

「……おやすみ、ハヤブサ兄ちゃん……」

キッカに背を押されてしょんぼりしながら階段を下っていく二人を、ハヤブサは見送った。

「おやすみなさい、ハヤブサさん」

「おやすみなさい、キッカさん」

ハヤブサはベッドの上に寝転び、感触を確かめ、目を閉じたが寝付けなかった。

しっくりこない。

マットレスの感触だろうか。しかし、ベッドを使うのが風の国の普通なのだから、ベッドは使って寝たい。ハヤブサは少し考え、毛布に包まって、ベッドの下に潜り込んだ。フローリングの平坦さと固さとひんやり感が、実にしっくりくる。狭さもちょうどいい。

あれはたしか、七歳の時だったか。

百頭をこえる火牛の原種の群れに追い回され、辛うじて岩の割れ目の中に逃げ込んで、原種の群れが去るまで幼馴染《おさななじみ》と一夜を過ごしたことがあった。

ハヤブサはふと懐かしくなって、いけないいけないと口元を引き結んだ。

(ともだちとか、できるかな……？　できたらいいなぁ。キッカさんみたいな、いい人たちだったら、いいなぁ……怪盗カラスみたいな人だったら、ちょっとヤだな……)

学校生活、というのはどういうものなのだろうか。

ちゃんとやれるだろうか？

ハヤブサにとっては未知なるものだ。聞いたり、本で読んだことしかない。

なにせ、ぴかぴかの高校一年生だ。

一族の師匠の下で幼馴染《おさななじみ》と一緒に公用語や数学や理科や地理歴史や天文を学んだが、「学問の素晴らしさは、強敵への理解を一段と深め、その戦いで得られる血の滾《たぎ》りをより上質なものへと変えてくれるという点にある」というのが師匠の口癖だった。

ひよっこ探偵オスカーで読んだ、ヒナドリ学園のシーンとはかなり違っていた。

（ああいうのって、やっぱり小説の創作なのかなぁ……『買い食い』とかって、実在するのかな……？　するんだったら、見てみたいなぁ、一度くらいは……）

ハヤブサは一人、屋根裏部屋のベッドの下に潜り込んでは出てを繰り返し、明日の初登校のための筆記用具や教科書などの準備をなんども確かめ、ひよっこ探偵オスカーの一巻をふと手に取ってぱらぱらとめくり、わくわくしすぎてなかなか眠れなかった。

2

国家情報局〈風の耳目〉の末端局員、キッカ・ウィーズ・ウィルブリーゼはびびっていた。

ハヤブサ・ウィザーズ・ゴウカが怖かった。

出会う前から怖かった。

王直属の連絡係という役目を誰が背負うのか、それが決まる前から怖かった。

なにせ、毛細血管で体の内側に三次元魔法陣を描いていると噂《うわさ》される好戦魔導士一族の、首長の息子だ。王直属の連絡係という名誉あるお役目だったが、辞退者が相次いだ。

ハヤブサは十七歳の少年だ。キッカと同い年だ。

だが、出自がまるで違う。

好戦魔導士一族は、比類なき戦闘民族としてペンタグラム大陸全土に知れ渡っている。北方の竜と渡り合える、とんでもなく強くて恐ろしい人々だ。一族の始祖と見なされている人物は第一次八つ裂き戦争で刎《は》ね飛ばされた自身の頭をひっつかんで魔王を殴り倒した、という冗談としか思えない伝説を残している。好戦魔導士一族のもとへと派遣された通信符術士が風の国に帰ってくると、そのほとんどが長期療養に入り「あんな奴らとこれ以上一緒にいたら、頭がどうにかなっちまう……」と一日中床に伏せってぶつぶつと呟くようになるらしい。国家情報局で働く者の間では、まことしやかにそう語られている。

その好戦魔導士一族の、首長の息子が風の国の王都にやってくる。

その連絡係になる。

お目付け役として、学校生活をサポートする。

「どうやって?」という当然の問いへの答えは、誰も持っていなかった。

誰にとっても初めての仕事だ。マニュアルは、ない。困難であることは間違いなく、かなり恐ろしい目にあうことも疑いようがない、きついお役目だ。

唯一の魅力といえば『王直属の連絡係』という特別感のある響きだけ。

「やりたくない」と誰もが思う役目は、なんだかんだともっともらしい理由がつけられて、より立場が弱いものへと回ってくる。それが世の中の習わしだ。そんなわけで、国家情報局で取り次ぎをしていた中卒組の一番下っ端の通信符術士、キッカへと回ってきた。

「やります」

キッカは手を挙げた。会議室に集められた中卒組の同期と後輩がみんな顔を伏せ、今にも泣き出しそうな真っ青な顔をしていたのだ。実際、泣いている子も数名いた。その気持ちは、キッカもよくわかった。なんとかしたかった。気づけば、キッカは手を挙げていた。

(しまった……手、あげちゃった……)

手を挙げながらそう思ったのを、キッカは昨日のことのように覚えている。国家情報局『風の耳目』の末端局員として勤め始めて、二年目のことだった。

自分の人生はそういうものだと、キッカは思っていた。

高校進学を夢見ていた十四歳の時も、そうだった。

「お母さんね、この家、手放そうかと思ってるの」

鍋をかき混ぜながらあっけらかんとしていたエレクトラの言葉を、鶏肉団子のシチューを作ろうとして台所に立つとキッカはふとした拍子に思い出す。

父が遺《のこ》してくれた家だ。自分の学費のために母がそうしようとしていることを、キッカは勘付いた。自分が働けば、家を売らずともシーとミュウが学校に通うお金は作れるはずだ。父が遺してくれたこの家とも、よき隣人たちとも、キッカは離れたくなかった。

働くには有利な資格だと教えてもらい、キッカは十五歳で通信符術士の資格を取った。キッカはたまたま求人が出ていた国家情報局の採用試験を受け、たまたま受かった。

「高校はいいから、働きたい」

「でも、キッカ……」

「もう決めたから。平気だから」

何度も思いとどまらせようとしたエレクトラを、キッカは笑顔で押し切った。その時も、しまったという気持ちがあった。自分の言葉に自分が縛られてしまう。

言動だけが先走って、心がいつも一歩遅れるのだ。

王直属の連絡係として立候補してから、不安になるたびキッカは自分に言い聞かせた。

（いけるんだから、学校に）

諦めていた進学が結果として叶い、高等学校に通える。しかも無償で、給料もでる。またとない機会だった。

キッカは十七歳の九月から学生生活を送りつつ、王直属の連絡係としての本格的な訓練が始まった。学校生活にはあっさりと馴染み、水の国や雷の国の留学生とすぐ友人になったが、国家情報局〈風の耳目〉での訓練は大変だった。下っ端の通信符術士でしかなかったキッカは、機密情報をやり取りするための高度な通信符術を急いで身につけなければいけなかった。覚えなければいけない印相や香水の種類、通信不調への対処法が多く、かなり大変だった。

キッカは座学にも実技にも必死に食らいついた。

「へぇ、あの子が?」

「らしいわよ。中卒組だって」

「好戦魔導士の生贄《いけにえ》なんて、かわいそう……ふふっ」

国家情報局の本部廊下ですれ違った先輩局員の、意地の悪い会話を耳にしたこともあった。

訓練の成果が認められたのか、ほどなくして、風の君と面会する運びとなった。

(陛下と、直接、話す……)

風の国ウィルブリーゼの王である、風の君。自らの王と、はじめて言葉を交わす。風の王城の庭園へと招かれた時、背筋がぴんっと伸びたことをキッカは覚えている。

ハヤブサ・ウィザーズ・ゴウカがどのような人なのか、それが気がかりだった。

「キッカ。好戦魔導士についての噂《うわさ》は、耳にしているね?」

「はい」

「第一次八つ裂き戦争からその名を連ね続けた一族だ。畏《おそ》れるのは当然だろう。だがキッカ、一つわかってほしい。好戦魔導士一族は戦闘民族であって、蛮族ではない。独自の師弟制度を持ち、一族の者はことごとくが文武両道だ。強敵との戦いを生き甲斐《がい》にし、すべてをその一点に集約するような生活を送っているにすぎない」

「……はい」

「ハヤブサは、そんな一族の中でも変わり者だ。戦いのみを生き甲斐にする人生とは違う人生を歩むため、この国に来て、学校で学ぼうとしている。ふつうで、平凡で、まともな人生を歩もうとしている。ハヤブサのその熱意は本物だ」

「……」

ブドウ棚の下でキッカはじっと耳を傾け、風の君の目や口調を注意深くうかがった。風の君はなにか、ハヤブサの境遇に対して同情的であるようだった。

「なにせ、一族全員に入学を反対されたが、一族全員を打ち倒して賛同を得たほどだ」

風の君がさらりと言ったハヤブサの情報を、キッカは理解しかねた。

（どういうこと……？）

「一族の者が強く、五年、かかったらしい」

遠い目をする風の君の補足説明は、補足説明になっていなかった。

（好戦魔導士一族を、五年で、ぜんぶ倒しちゃったんだ……）

キッカは風の君に聞かざるを得なかった。

「……陛下。ハヤブサさんは、それほどまでに暴力的な人、なんですか……？」

「いや、違う。好戦魔導士の首長であるハヤテ殿に『学校に行きたいなら一族全員倒してからにしろ』と言われて、その通りにしただけだ。ハヤブサに罪はない。素直なだけだ」

（すなお……？）

キッカは風の君の言い分を飲もうとして、つっかえた。

でっかい小骨がついた言い分だ。それでも、自らの王の言葉だ。

キッカは飲み方を思案し、上手くいかずにまごついた。

（たしかに、素直、なんだろうけれど……）

学校に行きたいなら一族全員倒せと言われて、わかりましたと倒す発想になるのが、まず普通ではない。キッカにはそう思えた。キッカなら、諦めるか逃げ出すだろう。

「ハヤブサは各国の学校から入学を断られている。自国の火の国の学校にすら、だ。入学の可否を決める風の王城での面談に、ハヤブサは一時間ほど遅刻した。見ず知らずの迷子を捜すのに手間取ったのだ。五年かけて求めたものがふいになろうとも、ハヤブサは迷子を優先した。そういう人間であることも、キッカ、そなたにはわかっていてほしい」

（このお役目は、引き受けるべきじゃなかったかも……）

ハヤブサがやってくる日が近づくほど、キッカはその想いが強くなっていた。

抱える問題を、誰にも相談できない。親にも、弟と妹にも、親戚にも、友人にも、近所の人にも。役目を引き受ければ、こういう状況が続く。

最も信頼している人々を、頼れない。そんな毎日が始まろうとしている。

十月になると急に雲行きが怪しくなった。二番街にある国家情報局本部へと呼び出され、局長室に入ると凰の君の姿がそこにあり、キッカは嫌な予感がした。

「キッカ、そなたの家にハヤブサを下宿させてやってはくれないか？」

「……それは、その……最初の話とずいぶん、違っています」

「そうだな」

「ハヤブサさんは学生寮に入るはずでは？」

「先方がなるべく庶民の生活を知りたいと願っていてな」

「考えさせてください、陛下」

キッカは辛うじてそう答え、時間を稼いだ。好戦魔導士一族であるハヤブサの学生生活だけではなく、日常生活までサポートに入る。キッカには、気が休まる暇すらなくなるだろう。

「ねぇ、聞いた？　あの子、陛下の申し出を断ったらしいわよ」

「ほんと？　……何様のつもりなんだか。中卒組の貧乏人が」

「自分の立場、勘違いしちゃってるんじゃない？」

国家情報局の本部廊下を曲がった後、すれ違った先輩局員のクスクスという無慈悲な笑い声だけが聞こえてきた時に、キッカはめげた。誰も手を挙げようとしないことを引き受けたはいいが、どんどんと話がややこしく、理不尽なものになっていく。

キッカの家族にすら負担が襲い掛かろうとしていたのだ。

高校に通えるというメリットだけでは、キッカはもう進めそうになかった。下宿の件の返答を聞きたいと王城庭園に招かれたおり、キッカは開口一番に言った。

「陛下、このお役目を辞退させてください。私に務まる役目とは思えません」

「そうか。たしかに、無理強いで果たせる役目ではない。……ただな、キッカ。この役目、私はそなたに頼みたいのだ」

「え？」

「誰もが嫌がるこの役目を、やると手を挙げてくれたのは、そなただけだった。私とこうして話をしていることすら、そなたは家族や親類、友人の一人にも一切の口外をしていない。なにより、そなたと話していて、私はそなたの感性がとてもまともに感じるのだ。……この役目は新しいプロジェクトだ。たしかに、どうなるのかはわからない。だが、上手くいけば大勢の者が救われるだろう。救われるのは、魔人災害に苦しむ『庶民』だけではない」

風の君の息遣いはゆったりとしていた。

「好戦魔導士でありながら学校に通い学んでみたい、そう願うハヤブサのような者は、きっと他にもいるはずだ。魔人災害に苦しむ『庶民』がどういう人々なのか、それを救っている側の好戦魔導士たちは知らない。好戦魔導士一族以外にも、日々、魔王復活を阻止するために戦ってくれている一族がある。そういう者たちへの偏見は根深く、庶民との交流は少ない。そういう現状を変えていく、第一歩目となるプロジェクトでもあるのだ。そのためには、ハヤブサのような者と庶民との懸け橋となれる、キッカ、そなたのような心の持ち主が欠かせない」

風の君の言葉に、キッカの心は揺らいだ。

「難しい役目だが、キッカ、どうか頼まれてはくれぬか？」

「……はい」

風の君にそうまでお願いされては、キッカは断り切れなかった。

なにせ命令ではない。自らの王に、お願いされたのだ。

なんとかしたい。キッカはそう思った。

しかしすんなり引き下がるわけにもいかなかった。

キッカは足が震えたが、母と弟と妹の顔を思い出し、風の君を相手に交渉せねばと口を開いた。なにせこれから自分は、好戦魔導士一族の首長の息子を相手にするのだ。高校に行ってみたいというキッカ自身の欲望に、母と弟と妹と近隣の人々までまきこんでいる後ろめたさも手伝った。自国の王様相手であろうと、キッカは自分でも驚くほど大胆になれた。

「陛下、条件があります」

「聞こう」

「私がお役目をもう担えないと思ったら、即日、同居や役目を解いてください」

「わかった」

　国王の返答はあっけなく、キッカの申し出を想定していたかのようだった。

　やや肩透かしではあったものの、キッカは「最低限の約束は結べた」とほっとした。

　キッカは十月、十一月と学校生活を送りつつ、王直属の連絡係としての訓練をさらに積み、自宅の屋根裏部屋の掃除を済ませ、ハヤブサの受け入れ準備を整えた。

（ハヤブサさん、どんな人だろう？）

　ハヤブサの顔の念写を見せてもらったが、大人しそうな少年に見えた。

　あどけない顔立ちをした、可愛い感じの男の子。

　キッカの想像していた好戦魔導士像とは、かなり違った。風の国の河川港で対面し、さらに意外だった。筋骨隆々な巨漢のイメージだったのに、自分より背が低いとは。

　だが、見た目に騙されてはいけない。

　ハヤブサに王都を案内する間も、キッカはそう気を引き締めていた。

　あらゆる国のあらゆる学校が「来ないでほしい」と入学を突っぱね続けた、好戦魔導士一族の人間なのだ。その一族全員をぶっ倒して、学校にくることになったらしい人なのだ。河川港でいきり立つ火牛の角を握り折ったところを、キッカはばっちりと見ていた。

　喧嘩《けんか》の仲裁と粉砕の区別がついていなかった。

まともな人の訳がない。


「キッカさん、どうでしょうか？」

家の玄関でハヤブサに呼びかけられ、物思いにふけっていたキッカははっとした。

学徒ローブに身を包んだハヤブサが風呂敷包みを手に立っている。まともで平凡でふつうの生き方を目指しているという、一風変わった好戦魔導士の少年だ。

「この格好、変じゃないですか？」

「大丈夫です。そのローブさえ羽織っていれば、あとは自由ですから」

キッカは学徒ローブの裾を払い、鞄《かばん》をもって「いってきます」と家を出た。出勤前のエレクトラに見送られ、ハヤブサもぎこちなく「いってきます」と告げている。

晴天だ。

息は白まず、朝日を浴びてキッカは少し気が楽になった。

ハヤブサの初登校の日だ。王直属の連絡係として、ハヤブサを支えるキッカの働きぶりが試される日でもある。何事もなく過ぎますようにと、キッカは精霊に祈った。見えも聞こえもしないけれど、精霊が傍にいるのだと思うだけで、ちょっとだけ心強い。もしかしたら今日の朝日が心地よいのも精霊のおかげかもしれない、そう思うとさらに心強かった。

王立王都第一高等学校は城下三番街にある。

最新の精霊術が駆使される王都セントラルブリーゼの大通りは常に風が一定方向に吹き、風力を利用する大小さまざまなランドヨットが交通の要となっている。運河から陸路まで、帆走は風の国の繁栄の象徴だ。街角のいたるところに、風を孕《はら》んだ帆を模した旗印がひるがえっているほどだ。水をくみ上げ粉を引く風車と並んで、風の国の人々には親しまれている。

風が常に吹いているおかげで、夏の大通りは涼しく、春と秋と冬の大通りは寒い。学徒ローブは学生の身分を示すものであると同時に、防寒対策をかねたものだ。初等教育だろうと高等教育だろうと、風の国の学生ならそれぞれの学校のローブを羽織って登校する。

キッカはハヤブサを連れ、四番街の大通りにある停留所に停車していた大型のランドヨットに乗り、三番街の王立王都第一高等学校近くの停留所で降りた。

始業時間までかなり余裕がある。登校する生徒の姿はまばらだった。

キッカはいつものように校門を通ったが、ハヤブサが校門の前で立ち止まっていた。

ハヤブサが目をまん丸くして校舎を眺めている。奇特な商人が私財を投げうって再建したらしい煉瓦《れんが》造りの校舎は手入れが行き届き、百二十年経っても立派なままだ。陽射しを教室に目一杯取り込める大きな窓はもちろん、ルーフバルコニーの手摺《てすり》すら洒落《しゃれ》ている。

「ハヤブサさん?」

キッカが呼びかけると、ハヤブサははっとしたような顔で学校へと一歩足を踏み入れた。踏み入れただけで、ハヤブサは笑みをこぼしている。

憧《あこが》れ、だったのだろう。

キッカはそのハヤブサの姿に、九月の自分が重なった。九月の入学式で、この門をくぐった時の自分も、ハヤブサのように笑みをこぼしていた気がする。

「いきましょう、ハヤブサさん。校長室はこっちです」

校長先生にハヤブサを託し、キッカは自分のクラスに向かった。

続々とクラスメイトたちが登校してきて、授業が始まる前になると、一時間目の授業を受け持つ先生に連れられて、ハヤブサがキッカのクラスへとやってきた。

「ひ、火の国からきました、ハヤブサです。は、ハヤブサ・ゴウカです」

よろしくお願いしますと頭を下げるハヤブサの動きは、歯車が一つ二つ外れてしまったカラクリ人形のようで、なんともぎこちない。しかしなんだか、愛らしい。クラスメイトたちが微《ほほ》笑《え》ましそうに見守っているので、これはこれで良い自己紹介なのだろう。

キッカは小首を傾げた。

（……あれ？　ハヤブサさん、ガチガチになってる……？）

一時間目の授業が始まってからも、終わってからも、ずっとハヤブサの動きはぎこちなかった。休み時間になってクラスメイトがハヤブサに話しかけるも、質問されたことに頷《うなず》いたり首を横に振ったりするだけで、あまり会話が成立していない。

（なんとかしなきゃ）

キッカは席を立って、ハヤブサの手を取った。

風の国の新学期は九月から始まる。

キッカは九月から通っており、クラスに馴染んでいる。友人もいる。学校に通い普通の学生生活をキッカが送ることは、国家情報局の仕事の延長線上にある。

さっそくハヤブサに紹介しようと、キッカは周囲を見回した。

一人の男子生徒と一人の女子生徒へと、キッカは近づいた。

小麦色の肌をした背の高い少年と、活発そうな小柄な少女だ。少年は切れ長の目に眼鏡をかけた怜悧《れいり》な風貌《ふうぼう》で、少女は泣きぼくろとそばかすのある人懐っこそうな顔立ちだ。

キッカの友人だ。

少年のほうは理屈っぽくあるが頭脳は明晰《めいせき》で教えるのが上手く、定期試験やレポートなどの提出物のたびに人だかりができている。少女のほうは感情豊かで身体能力が高く、よくお菓子で釣られて運動部の助っ人になっている。二人とも、それぞれ雷の国と水の国からやってきた留学生だ。入学するなり二人で新聞部を立ち上げた行動力には、キッカも驚かされた。

「でさ、二番街の手前に、広場あるでしょ？」

「ああ、たしか屋台が並んでるところか」

「そうそう。そこにさ、最近、新しい屋台が出てて。香ばしくてさ、甘いにおいのさ、ドーナッツ屋さん。そこさ、取材しようよ」

「記事にするには弱いぞ、チャイカ。取材にかこつけて食べ歩きしたいだけだろ」

「そんなことないって。この目を見て、あたしのこの目。記者魂に火がついたこの目をっ」

「火がついているのは食欲だ。部長として却下する」

「むぅ……こんなことなら、べーやんじゃなくてあたしが部長になっときゃよかった……」

長机を挟んで話し合う二人の留学生に、キッカはいつものように呼びかけた。

「チャイカ、シュヴァルベくん。ハヤブサさんも大好きなんだって、ひよっこ探偵オスカー」

「え、そうなの!?」

チャイカという少女は椅子から声を弾ませて立ち上がった。

「ほう……」

シュヴァルベという少年は顎《あご》に手をやり、座ったまま思慮深く目を細めている。

「ハヤブサ、二巻でモズ先輩の歌声がでなくなったのは、なぜだ?」

「冬に食べようと思っていたお菓子を、ぜんぶ怪盗カラスに食べられちゃったから、です。ひよっこ探偵オスカーと怪盗カラスとの因縁が始まった、記念的なエピソードです。『盗み食い界の魔王』『ヒナドリ学園で発生する盗み食い事件の半分が怪盗カラスの仕業』とまでオスカーに言わしめた、怪盗カラスの食欲と頭脳には、悪役ながら読んでいて感心してしまいました」

ハヤブサがすらすらと答えると、シュヴァルベが嬉しそうに頷《うなず》いた。

「怪盗カラスのよさをわかっているとは……深い話ができそうだ」

ベストセラーである学園ミステリー小説『ひよっこ探偵オスカー』の話題をきっかけに、留学生同士で話を弾ませている。がちがちだったハヤブサのぎこちなさは、もう感じられない。

キッカが傍から見ている限り、ハヤブサはごくごく普通の少年に見えた。

シュヴァルベがハヤブサに手を差し出している。

「あらためて、雷の国のシュヴァルベ。シュヴァルベ・バルクラアドだ。よろしくな」

「あたしはチャイカ。水の国のチャイカ。チャイカ・ティアレイク。キッちゃん……キッカん家に一緒に住んでんだよね？　あの屋根裏部屋さ、掃除手伝ったんだよ、あたし」

二人に求められて照れくさそうに握手しながら、ハヤブサが居住まいを正している。

「俺はハヤブサ・ウィ――」

「うぃ？」

「…………」

つい癖で口走りかけたのだろう、ハヤブサが凍り付いていた。

（あっ、まずい。ハヤブサさん、氏族名を名乗りかけた……）

キッカはひやりとする内心をぐっと堪えた。ウィザーズという氏族名は、即、好戦魔導士を意味する。そもそも庶民は氏族名を名乗らない。名乗るのは、国名と個人名のみ。

初歩中の初歩のミスだ。

ハヤブサの頬がかっと紅葉している。

どう誤魔化せばいいのか、ハヤブサは方法がなに一つ浮かばないのだろう。酸欠の魚のように、口をパクパクさせるのみだった。見るからに、頼りない。

好戦魔導士の出自が露見すれば、ハヤブサは学校にいられなくなる。

ハヤブサにとっては気が気ではないのだろう。

（なんとかしてあげなきゃ）

キッカは妙な使命感に衝《つ》き動かされ、口を開けて笑い飛ばした。

「ウィルブリーゼじゃなくて、ゴウカだよ、ハヤブサさん。風の国に馴染み過ぎだってば」

「……え？　ハヤブサ・ウィルブリーゼって言いかけたの？」

きょとんとしたチャイカにそう尋ねられ、ハヤブサが躊躇《ためら》いがちに首肯している。キッカの出した助け舟に、ぎこちなくではあるが乗っかってきてくれたようだ。

チャイカが破顔一笑した。

「面白過ぎだよ、ハヤっち」

チャイカがさっそくあだ名をつけた。どうやらハヤブサのことが気に入ったらしい。

「ひ、火の国のハヤブサです」

あわあわとハヤブサは襟元を正している。

「ハヤブサ・ゴウカです。よろしくおねがいします」

ハヤブサの動揺する様子に、キッカは親近感を覚えた。

（好戦魔導士の一族って言っても、ひとりの男の子なんだ。慣れないことには戸惑ったり、うっかり秘密をばらしかけたり、緊張したりするんだ……）

キッカは意外だった。

なんだかほっとして、ハヤブサが近い存在のような気すらした。ただあまりに意外過ぎて、この感情が親近感なのか驚きなのか判別しかねた。

そうこうする内に二時間目を知らせる鐘が鳴った。

二時間目は歴史だ。

クラスメイトが協力して、二人用の長机を組み合わせて一つの教室に四つの大きな机を作り出した。この高校の先生は色んな国からきている。先生ごとに机の配置を変えるのだ。一時間目の先生は氷の国の人で、二時間目の歴史の先生は風の国の出身だ。

授業のはじめにいつも年代物のコレクションを披露してくれる、愉快な先生だ。授業が始まるなり、歴史の先生は二十センチほどの木像を取り出した。

「これは魔王像と言われている。木像で、二千年前の神話の時代の遺物だ。人の手で作られたものだが、面白いのがその表情だ。どうだ？　実に恐ろしい顔をしているだろう？　だがこの木像は、顔だけ彫り直された形跡があるんだ。鑑定士曰く、顔が彫り直されたのは千年前。ちょうど第二次八つ裂き戦争が起こったあたりだ。この木像の魔王は、彫り直されるまえ、どのような顔をしていたのだろうな？　なぜ、千年前に彫り直されたのだろうな？　どうして、彫り直してでも残しておこうとしたのだろうな？　そういう想像こそ、歴史に欠かせない」

歴史の先生は愛おしそうに木像の頭を撫《な》でていた。

「では、みな、一人ずつ触ってみなさい。こういうものは触れてみて、嗅《か》いでみて、初めてわかるものだ。私のコレクションの中でも貴重なものだ。くれぐれも、大切に扱うように」

歴史の先生はそう言うなり、キッカを手で招いた。

「キッカ、まず君たちの机からだ。順に渡していくように」

キッカは手にもってしげしげと眺めた。なるほど、恐ろしい形相をしている。こんなのと向かい合って生き残れるのかといったら、とても無理そうだ。この木像の彫刻家は、魔王を実際に見たのだろうか。それとも、何かを参考にして魔王の表情を想像して彫ったのだろうか。ひょっとしたらハヤブサの先祖を参考にしたのかもしれない。

「はい、ハヤブサさん」

キッカが手渡すと、ハヤブサは興味深そうに木像をくんくんと嗅いでいる。

歴史の先生の言葉を忠実に守っているようだ。

くるりとひっくり返して像の裏面を眺めようとして、ハヤブサが「あっ」と声を上げた。歴史の先生の大切なコレクションである木像が、ぱっかりと割れていた。

さっそく壊してしまったらしい。

キッカはハヤブサが火牛の角を握り折った時のことを思い出した。力加減を誤ったか。

ハヤブサの顔から血の気が引いている。

「ハヤブサ！　これは貴重なものなんだぞ！　もっと丁寧にあつかわんか！」

歴史の先生も血相を変えていた。

キッカはハヤブサを庇《かば》おうとして進み出たが、いつのまにか席を立っていたシュヴァルベがハヤブサの手元を興味深そうにのぞき込んでいた。

「先生、これは？」

シュヴァルベが割れた木像の合間から、布切れのようなものを摘《つま》み上げた。その古びた布には何やら、文字のようなものが書いてあるが、キッカには読めなかった。

しかし歴史の先生は真剣な眼差《まなざ》しで文字を読んでいた。

「古い時代の大陸公用語……いや、そのもとになった神話言語か？　……これはなかなか、すごいものかもしれない。博物館に寄贈するべきクラスのものかも……」

先生が真剣な眼差しでむむっと唸《うな》ると、他の机から生徒たちが続々と覗きにきた。シュヴァルベが歴史の先生の真横で木像の破片を集め、差し出している。

「先生、この神像はずいぶんと脆《もろ》くなっていたようですし、破損したのはハヤブサの扱いが荒かったから、というわけではないのではありませんか？　結果的に、ではありますが、内部が空洞になっていて、紙片を発見することにもなりました」

「う、うむ」

先生が木像の破片をハンカチで大切に包みつつ頷《うなず》いた。

「シュヴァルベ、たしかに、その通りだ。ハヤブサ、怒ってすまなかった」

歴史の先生がそう言うなり、シュヴァルベがハヤブサへとこっそりウィンクした。

シュヴァルベは冷静沈着でやや理屈っぽい感じもあるが、その言動の端々に見て取れる明晰《めいせき》さを、誰かを庇うためにもちゃんと役立てられる人だ。

ハヤブサが胸を撫《な》でおろし、嬉しそうに軽く会釈している。

さっそく良い関係を結べているようだ。キッカもなんだかほっとした。

「では、諸君。教科書の四十五ページを開きなさい」

歴史の先生に促され、キッカは教科書とノートを取り出した。ぞろぞろと席に戻って他の生徒もそうしている中、ハヤブサがなにやら焦っている。風呂敷包みの中を探り、なんだか途方に暮れているようだ。手元を見れば、ノートと筆記用具しかない。

教科書を忘れてしまったようだ。

ハヤブサの隣に座っていたチャイカがほがらかに笑った。

「なははっ、忘れちゃうよね、教科書って。特に歴史のやつは」

「こら、チャイカ！　私の前でいう奴があるか！」

「ごめんなさい、先生。……なははっ、怒られちった」

チャイカは愛嬌《あいきょう》のある笑みで先生の叱責をいなし、ハヤブサへと体を寄せた。忘れ物をしたハヤブサを庇《かば》ったのだろう。チャイカはそういう人柄だ。

「どう、これで見える？　ハヤっち」

「ありがと、ございます」

一つの教科書を二人ではさみ、ハヤブサが恐縮していた。

「がっちがちだねぇ。わかる、わかるよ。緊張するよね、外国は。うんうん、九月の自分を見てるようだよ、いやあ、懐かしいなあ。あん時はほんと――」

チャイカが私語を続けようとすると、歴史の先生が咳《せき》払いした。

「この木像がそうであるように、ペンタグラム大陸の歴史を語るうえで、魔王という存在はかかせない。命の理《ことわり》を捻じ曲げて圧政を敷いたとされる魔王、その身体を六分割しペンタグラム大陸の六国にわけて封印することで、今日まで二千年続く我々の歴史が始まった。第一次八つ裂き戦争は二千年前、第二次八つ裂き戦争は千年前、三次は五百年前、四次は二百五十年前、五次は百二十五年前に起こった。そして、六次が六十二年前に起こると予見されていたが、風の国が主導して『魔王復活の予兆』に対応することで、第六次八つ裂き戦争は今のところ起きていない。魔王復活を防いだ、ともいえるし、魔王復活を先延ばしにしているだけ、とも言える。まあ、ありがたいことに、いまのところ平和だ」

キッカは歴史の先生の話がすっと耳に入ってきた。遠い昔の他人事ではない。キッカやハヤブサが担う役目は、その『いまのところ平和』に寄与するものなのだ。

「魔王は計四回復活したが、いずれも解かれた封印は三つか四つで、完全復活前に封印することができた。第一次から五次まで、主体的な活躍をした一族は三つ。ブレイブスの氏族名をもつ瘴気勇者、ウィザーズの氏族名を持つ好戦魔導士、シールズの氏族名を持つ精霊術士だ。ペンタグラム大陸六国の王家は皆、シールズの氏族名を持っている。風の君は、サウスシールズという氏族名だ。第一次八つ裂き戦争から、王家の歴史が始まったということだ」

「水の国と雷の国の王家は、ともにイーストシールズですよね？」

「そうだな、シュヴァルベ。土の国と氷の国の王家も、ともにウエストシールズだ。もともと一つの国だったが、いろいろあって二つの国にわかれることになった。そのいろいろを、今日は君たちに学んでもらう。第二次八つ裂き戦争が深くかかわる歴史だ」

歴史の先生は真剣な眼差《まなざ》しでクラスを見回している。

とはいえ、第五次八つ裂き戦争ですら百二十五年前の出来事だ。キッカがざっと見回すと、興味なさそうな顔をしている生徒が半数ほどいた。チャイカもその一人のようだ。

シュヴァルベは対照的に、すっと手を挙げている。

「魔王には功罪ある、という言説もありますが、先生はどう思われますか？」

「勝ったものが自分に都合の良いように書くのが、歴史というものの一側面だ。あまり公言はされないものの、度量衡や公用語の統一といった功績は魔王のものだ。とはいえ、魔人の起こす災害や八つ裂き戦争の死傷者数、その惨禍《さんか》を伝える文書や古戦場を見れば、庶民にとって魔王の復活が喜ばしいこととは私には思えない。……さて、キミたちは、どうだろう？」

歴史の先生は生徒一人一人をみやり、問いを投げかけた。

「歴史を深く学んでいけば、必然的に魔王の功罪、自らの母国の功罪と向き合うことになるだろう。それをどうとらえ、どうしていくのがよいか、考えてほしい。歴史というのは存外、生き物だ。国々によってはもちろん、いまとこれからによって、見え方がころころ変わる。定まっているようで、あやふや。古ぼけているようで、真新しい。そこが面白さだ」

「歴史が、新しいもの、でしょうか？」

「新しいというのは現在との距離感だ。未来にばかりあるものじゃないぞ、シュヴァルベ」

歴史の先生の切り返しに、シュヴァルベは「なるほど、そうか」と頷《うなず》いている。

四つのグループに分かれて第二次八つ裂き戦争の発生原因について発表するのが本日の課題だった。教科書を参考にしながらグループごとに意見をまとめ合っていると、キッカの向かいに座っていたチャイカが慌てたようにハヤブサの手を掴んだ。

「ああ、ハヤっち、だめだめ。教科書に書き込みなんかしちゃ！」

「え？　あっ」

「これ、業者さんに貸してもらってるものだから、さ。使い終わったら、なるべく綺麗な状態で返さないと、お金取られちゃうんだよぉ」

「あ、そう、なんですか……ごめんなさい、つい」

ハヤブサとチャイカのやり取りを見つつ、キッカは風の君の言葉を思い出した。好戦魔導士は文武両道だ、と。瘴気勇者、精霊術士と肩を並べるほど、ハヤブサの身分は高い。教材などは基本的に買ってきたのだろう。書き込もうとどうしようと自由だったのだ。

だが、風の国のシステムでは、そうではない。

キッカはハヤブサをそっと見守った。シュヴァルベとチャイカがすかさずサポートにはいってくれている。留学生同士、思うところがあるのかもしれない。

（ハヤブサさん。なんとか、なってるみたい）

ハヤブサの学校生活で自分の出る幕はそれほどないのかもしれない。

少なくとも編入初日はこの調子で乗り越えられそうだ。

キッカがそう思いかけた、二時間目終わりを告げるチャイムが鳴った途端だった。

（――っ！）

キッカは太ももに振動を感じ、びくりとした。ズボンのポケットに忍ばせてある通信符が震えている。緊急の着信だ。風の君からのものだ。王の要請だ。

わかっていたことだ。いつかはくる連絡だと。

予行練習だって重ねていた。それでもなお、キッカは身体がぐっと強張《こわば》った。

（きた……陛下からの、緊急通信）

これは本番だ。

（ハヤブサさんの、登校初日から……）

　どこかの国で、何かが起きた。そして、ハヤブサの力が必要とされている。

「キッちゃーん、三限目までに宿題の答え見せてぇ。べーやんのドケチが『ちゃんと自分の力でやれ』とかひどいこと言って見せてくんないんだよぉ」

「ごめん、チャイカ。今、ちょっと用事があるから」

　キッカはきっぱりと断りを入れ、ハヤブサのもとへと歩み寄った。

「ハヤブサさん、きて。二時間目終わりに来なさいって、校長先生がおっしゃってたから」

　キッカのその言葉は符丁だった。

　ハヤブサとキッカだけがわかる、王の要請を知らせる合図の一つだ。

　ハヤブサが「はい」と静かに頷《うなず》き、キッカは共に教室を後にした。

　人気《ひとけ》のない階段を下りながら、キッカはズボンのポケットから通信符を取り出し、左手首の内側へと貼りつけた。薄い通信符が湿布のように張り付き、左の指を動かせばその筋肉の動きを通信符へと伝えて操作できる。指のポーズである『印相』が大切だ。やや通信状態が悪い。精霊が気まぐれをおこしているのだろう。キッカは通信符に香水を一吹きした。

　中庭を抜けて校長室へと入るころには、通信符の音声は明瞭《めいりょう》になっていた。

　校長先生は部屋にいない。

　だがいたとしても、見咎《みとが》められない。キッカは鍵をかけた。

校長先生は事情を知っている。校長室や屋上や、ほかにも校舎内であまり使用されない鍵のかかった準備室など、他の生徒や教職員に知られず利用できる場所がある。

「『シルフ』より『ネ二十』へ」

「こちら『ネ二十』。『キ四十三』につなぎます」

手帳を取り出してキッカが目配せすると、ハヤブサが頷いた。

キッカは印相を操ってハヤブサにも通信が聞こえるように操作し、風の君に促した。

「……どうぞ」

「秘密結社〈再びの魔光〉を名乗る魔人が魔王の左脚を要求し、雷の国バルクラアドの姫君ミーティア王女を人質にして、雷の国の議事堂に立て籠っている」

風の君の声は淡々としていた。それが、キッカは余計に恐ろしい。

初っ端から、かなりの緊急性を帯びた重大な事件だ。

「『キ四十三』にミーティア王女の救出と、魔人の捕縛を要請する。魔人は四本角。『血厭《ちいと》いの魔人』と思われる。議事堂の大ホールに立て籠り、一時間ごとにミーティア王女の指を切り落としていくと告げている。議員は脱出し、人質はミーティア王女一人だ」

キッカは素早く風の君の言葉をメモした。なすべきことを箇条書きにし、現場の状況を記しておく。なにかに書いておかねば、うかっと忘れそうだとキッカは不安だった。なにせ、手が震えて手帳に記す文字すらのたくっているような有様なのだ。

「『雷の君』は雷騎士団に突入準備を進めさせている」

「……ミーティア王女が、人質になっているんですよね？」

思わずキッカが口を挟んでしまうも、風の君の返答には淀みがなかった。

「魔人と交渉はしない。魔王復活を許すくらいなら、身内を犠牲にする。雷の君は、そういうお人だ。だが、〈風の耳目〉が介入する余地は設けてくださった」

（介入する余地……ハヤブサさんのことだ……）

キッカはぴんときた。

雷の君とて、実の娘を犠牲にしたいはずがない。だが魔王復活を許せば無辜《むこ》の民に多大な犠牲が出る。娘と民なら、民を選ぶ。王というものは、そういうものなのだろう。

国家情報局〈風の耳目〉が介入する余地。

そんな余地が生まれるのは、風の君と雷の君の信頼関係の賜物だ。

ハヤブサの失敗は、その信頼関係にひびを刻みかねない。キッカが通信符の操作を一つ誤りでもすれば、それがハヤブサの失敗に結び付きかねない。

責任は重大だ。

自らの肩に圧し掛かるそれに、キッカの口元はくっと引きしまった。

ハヤブサが肩を軽くまわしている。

キッカは学徒ローブを脱ぎ、長めの平織の布を自分の頭と口元にくるくると巻き付けた。正体を隠して活動する必要がある。特に、ハヤブサの正体は知られてはいけない。

国家情報局で訓練した通りにやろうと、キッカは意識した。

「ハヤブサさん、これをつけてください」

キッカは顔を隠せるようにと平織の布をハヤブサに手渡した。

「現場には念写新聞の記者がいるかもしれません。万が一にも、新聞にハヤブサさんの顔がのってしまうと、学校のみんなに気付かれるかもしれませんから」

キッカが気をきかせて用意した平織の布を、ハヤブサは喜んで受け取った。そしてキッカよりも遥《はる》かに上手に、平織の布を巻いて頭巾のようにしてみせた。

頭も口も隠れ、布の隙間からハヤブサの両目だけが見える。余った布のたらし方といい、巻き方が手慣れていて、洒落《しやれ》ている。キッカはその巻き方を後で教えてもらおうと思った。

「俺、これからは、これを被っている時だけ十分魔導士になります」

（ってことは、休み時間の十分だけ……十分魔導士……）

十分魔導士の初仕事だ。

気合いを入れて、そのお手伝いをしよう。キッカは自身の両頬をぽんっと手で叩《たた》いた。

（雷の国の王女様が人質になった、四本角の魔人が起こした立て籠り事件……）

国王直々の要請であり、仕事の緊急性と重要度はキッカが想像していた以上に高かった。

（ハヤブサさん、だいじょうぶかな……）

キッカは心細かった。

クラスメイトへの自己紹介でおどおどしていたハヤブサは、どこからどう見ても頼りなかった。危うくウィザーズの氏族名を名乗りかけるわ、歴史の先生の木像を壊して顔面蒼白《そうはく》になるわ、昨夜ちゃんと登校準備を整えていたのにさっそく教科書を忘れてきてしまうわと、学校でのハヤブサはおっちょこちょいでドジな留学生といった有様だ。

昨日は昨日で、喧嘩《けんか》を仲裁しようとして警察署に連行されていた。

あのハヤブサに、この重責が務まるのだろうか。

キッカはそう思わずにはいられなかった。

「ハヤブサさん。通信符で秘匿性の高いやり取りをしたいので、お仕事の時は暗号名で呼び合います。陛下は『シルフ』。私は『ネ二十』です。二十番目のネズミ、という暗号名です。ハヤブサさんは『キ四十三』です。四十三番目のキツネ、という暗号名です」

「……しっくりこないです、それ。変えることってできますか?」

ハヤブサの申し出に面食らいつつも、キッカはこくりと頷《うなず》いた。

「暗号名が相手に通じればそれでいいので、できると思いますけど……」

「なら、俺の暗号名は『オスカー』でお願いします」

呑気《のんき》にそう言うハヤブサは重大な事案を前にして、むしろ落ち着き払っていた。

オスカー。『ひよっこ探偵オスカー』の主人公、ヒナドリ学園に通う一羽のヒヨコの名だ。

あらゆる盗み食い事件を解決に導く探偵で、ハヤブサが大好きな小説のキャラクターだ。

（オスカー……いいかも）

キッカもなんだかしっくりきた。

風の君へと暗号名変更の打診をすると即座に許可が下りた。一刻を争う場だ。余計な問答や叱責などで時間をつかいたくない、という風の君の思惑の結果だろうか。

「ネ二十よりシルフへ。現場の座標を教えてください」

風の君から座標が伝えられるなり、ハヤブサが学徒ローブを脱いだ。キッカには伝えられた座標が数字と単位の羅列としか認識できないが、ハヤブサは違うようだ。その数字と単位がペンタグラム大陸のどの地点のどの高さを示しているのか、理解しているらしい。

ハヤブサが自身の胸に右手を当てている。

「キッカさん……じゃなくて、ネ二十、いきますね」

ハヤブサがそう言ってキッカの肩に左手を置くなり、キッカの視界がふっと暗くなった。

暗くなったと感じた途端、眩《まばゆ》い日射しに目がくらんだ。

王立王都第一高等学校の校長室にいたはずが、広場のタイルの上に立っている。

縮地魔法だ。

魔法の体系化に尽力した大杖術士イシャク・ラタ・モスカによって『縮地魔法』という名称が広まる以前、『転移魔法』とも呼ばれていたらしい。と、〈風の耳目〉の特別座学でキッカは教わった。縮地魔法で移動すると眩暈《めまい》や頭痛や吐き気やだるさや呼吸困難に襲われる、と〈風の耳目〉の座学で教わっていたのだが、どれ一つ襲ってきていない。

一メートルほど落下したり、地面に埋まってしまうこともあると聞かされていたが、絨毯《じゅうたん》の柔らかさがなくなりタイルの硬さが足裏から伝わってきただけ。

キッカはぴんぴんしていた。

ハヤブサの技量のおかげだろうか。

円形の青い屋根の建物は、立法の場である議事堂に違いない。幾何学模様の壁面は見上げるほど大きい。ここは小高い丘だろうか。キッカが周囲を見回すと、水路と緑で鮮やかに彩られた砂色の街並みの向こうに砂丘が見えた。吸い込む空気はからからに乾燥し、すこし暑い。

十二月の気温とは思えない。

（ここが、雷の国、バルクラアド……）

その首都であり、事件現場となっている議事堂の正面広場なのだ。

（シュヴァルベくんの母国なんだ）

以前キッカが「どうして風の国に留学しようと思ったの？」とシュヴァルベに聞くと、「風の国の出版文化が一番面白そうだったから」という答えが返ってきた。学校で新聞部を立ち上げたのもその一環らしい。いずれは学んだことをバルクラアドに持ち帰り、これからの雷の国の文化や人々にとって役に立つような、独自のものを作りたいらしい。

シュヴァルベの理屈っぽくも面倒見のよい性格は、この国で育まれたのだろう。

議事堂前の広場には規制線が張られ、関係者や野次馬の声で騒然としていた。

記念式典の最中だったのだろうか。水の国、火の国、土の国、氷の国、さらに風の国の高官と思《おぼ》しき人がちらほらと見える。身に着けた豪華な衣装が雷の国のものとは違っていた。

彼ら彼女らが逃げ出せたのは、議事堂の衛兵の防戦のたまものだろうか。

それとも、ミーティア王女が身を挺したのか。

ハヤブサとキッカが規制線の内側にいきなり現れたというのに、甲冑《かっちゅう》を纏《まと》った騎士と思しき者たちはすぐにキッカたちへの警戒を解いた。風の君から雷の君を通し、現場に一報が入っているようだ。重厚な黄色い鎧《よろい》に身を包んだ集団が、広場で議事堂突入の準備を整えていた。

雷の君の直属部隊である雷騎士団だろう。槍や鎧に精霊が好む香水を吹きかけ、まじないの言葉を唱えている。雷の騎士たち全員が、十文字の穂先の短槍を手にしていた。

稲妻の槍、そう呼ばれる短い槍だ。

星の宝石と隕鉄の産出に秀でた、雷の国の逸品として名高い。

精霊の加護を得て雷を自在に操る術に長け、閃光や雷鳴で敵を攪乱し、弓兵よりも遠い間合いから魔人を圧倒するという高い攻撃力を持つのが、雷騎士団だ。ミーティア王女の生死に拘《こだわ》らず、魔人撃破を最優先とするならば、最適の人選と言えるだろう。

「見てわからんのかっ。ワシは、招かれて式典に参ったのだぞ！」

広場のタイルを踏み鳴らし、なにやら騒いでいる政府関係者らしきお爺さんがいる。

「我が君からお預かりした指輪を落としたのだ。おそらく議場にな。見つけるまで一歩も動かん。さっさと魔人を仕留めんか！」

立派な口ひげが耳までぴんっと伸びていた。水夫を模した服装からして、水の国の政府関係者だろう。事件現場から要人を遠ざけようとする雷騎士団と、もめているらしい。

キッカはお爺さんから漂ってくる匂いに、おやっと気が止まった。

（このにおい……通信符に使う香水っぽい。それも、かなり質がいい）

キッカが持っている通信符と近い型だろうか。秘匿性の高いやり取りを行える通信符の調整につかう、専用の香水のにおいに近い。政府高官にしか出回っていない代物のはずだ。

（このお爺さん、たぶん水の国の偉い人だ）

キッカは珍しいお爺さんだなと思った。通常、ハヤブサのように通信符術士を傍においてやり取りをおこなうものだが、このお爺さんは自ら扱うために通信符術を学んだのだろう。国家の高い地位にある人間にしては、なかなか珍しい。通信符術は特別な才能を必要としない精霊術ではあるが、覚える香水や印相の種類が多く、その習得は面倒だ。

聞こえてきた呻き声に、キッカはぎょっとした。

苦悶《くもん》の呻きの先に数名が倒れている。議事堂の衛兵たちだろう。

五名の衛兵は痛みに顔を歪め、白衣に身を包んだ治癒術士の手当てを受けていた。いずれも腕や足がない。すっぱりと斬られている。さらに異様なのが、まったく血生臭くないことだ。

腕や足の断面からは無論、服にすら一滴の血痕も見受けられない。

明らかに刀傷であるというのに、流血の痕跡《こんせき》がない。

魔法だ。この奇妙な拘《こだわ》りが垣間見える刀傷は、魔人によるものだろう。

（これが、『血厭《ちいと》いの魔人』の……）

仕業なのだと、キッカはごくりと唾《つば》を飲んだ。

恐ろしい。そんな相手を、これからなんとかしないといけないないないなんて。

キッカはハヤブサをちらりと見やった。

「ああ、すみません。そこの方。お願いがあります」

雷騎士団の一人と思《おぼ》しき女騎士に、ハヤブサが声をかけていた。雷の君から協力するように指示が出ているのだろう、女騎士は訝《いぶか》しむ様子もなく「なんでしょう?」と答えた。

「腕をこんな感じにしてもらえますか?」

ハヤブサはまるで何かを抱きかかえるような仕草をした。見えないお姫様を抱っこでもするかのような少し間抜けなポージングだったが、ハヤブサの口調はいたって真剣だった。

なぜハヤブサがそんなことを言うのか。

（な、なにをしてるの……?）

キッカには訳が分からなかった。

女騎士もキッカと同じく怪訝な顔をしたが、言われた通りのポージングを取った。

「ええ、そうです。二分間、そこから一歩も動かずにそのままにしておいてください」

ハヤブサがばっちりですとハンドサインを女騎士に送り、キッカへと向き直った。

「では、キッ……ネ二十。いきましょうか」

場違いとしか思えないほど、ハヤブサはどこまでも呑気《のんき》だった。

この場にいる誰もが魔人の襲撃に少なからず動揺し、緊張し、ミーティア王女の安否に気をもんでいるというのに。火事場のど真ん中で、一人、お茶でも啜《すす》っているのかのような。

(ハヤブサさん、なんで、こんなに落ち着いていられるの……?)

キッカは不思議だった。

ほんのちょっと前までの学校でのハヤブサとは、なにもかもが違う。ハヤブサの落ち着いた呼吸につられたのか、この緊迫した広場の中でキッカも不思議と息苦しくはなかった。

キッカがこくりと頷《うなず》き、ハヤブサの左手がキッカの肩に触れた途端だ。

ぱっと景色が変わっていた。校長室からバルクラアドの広場へときた時の感覚と同じ。気づくと、議長席を囲んでずらりと議席が半円形に並んでいる。円形の議場だ。

魔人は議場の中心、切り刻まれた議長席の中心にいた。

(で、でっかい……)

キッカは魔人の大きさに面食らった。遠目でもわかる。二メートル以上はある。もろ肌を脱ぎ、筋骨は隆々とし、腰の太い帯には一振りの大太刀が挿されていた。

魔人は、その巨体のあちこちを止血帯のようなものできつく縛ってある。腕から足はもちろんのこと、胴体や頭、果ては首までも止血帯で締めあげている。

苦しいのか、魔人の顔は真っ赤だ。

止血帯をアクセサリ代わりにしているのだろうか。自らを罰するかのようなこの異様で奇天烈な拘《こだわ》りは、魔人特有のものだ。国家情報局〈風の耳目〉でキッカはそう学んでいた。

頭部の角は四本。前頭部から生え、絡み合って宝冠のようになっている。

血厭《ちいと》いの魔人に違いない。

血厭いの魔人の足元に、手足を縛められたミーティア王女が不安そうに座り込んでいる。

「愚か者め！」

血厭いの魔人の一喝がびりびりと議場を震わせた。

「ここへの立ち入りは交渉の決裂と見なすと告げたばかりぞ！」

音で殴られるとはこのことか。

魔人の声はよく竜の咆哮《ほうこう》に例えられる。キッカは頭がくらくらした。敵わない。人間にどうにかできる相手とは思えない。魔人はハヤブサから目を離しておらず、キッカなど眼中にいれてすらいないのに、それでもキッカは足が小刻みに震えた。

思わず「ごめんなさい」と謝りそうになってしまうほどだ。

まずい状況になりつつある。

血厭《ちいと》いの魔人が逆上している。縮地魔法で転移した瞬間にハヤブサの存在に気付かれた。

(ミーティア王女を盾にされたら手の出しようが――……んっ!?)

キッカは目を瞬かせた。

魔人のすぐ横で縛められていたミーティア王女の姿が、ない。かと思えば、キッカの真横にいるハヤブサがいつの間にやら、ミーティア王女をお姫様抱っこしていた。

「大丈夫ですか?」

ハヤブサが問いかけたが、魔人はおろかミーティア王女自身も困惑していた。

キッカも困惑した。

早業、というのはこういうことをいうのか。

なにが起こったのか、ハヤブサの縮地魔法を知っているキッカですら理解しかねるほどだったのだ。ミーティア王女は目を白黒させていた。

「え? あれ? わたくし、え?」

「ミーティア王女、お怪我はないですか?」

「は、はい……」

「よかった。安全な所へお送りします。このまま、動かないでください」

ハヤブサが言うなり、ミーティア王女の姿がぱっと消えた。

キッカはそこでやっと気づいた。

(さっきの騎士のところへ、瞬間移動させたんだ……)

先程のハヤブサの女騎士への奇妙な注文が、キッカの頭の中で繋がった。

(このために、あのポージングをさせてたんだ)

「ネ二十も、少し離れたところへ」

ハヤブサがそう言って右手でキッカの肩に触れるやいなや、キッカは議場の端っこに立っていた。ハヤブサと血厭いの魔人の横顔が遠くに見える。観測には絶好の位置だ。通信役であるキッカを戦いに巻き込まれにくくするための、ハヤブサなりの気遣いらしい。

キッカが机の陰から頭を出して見守る中、ハヤブサと血厭いの魔人は距離を隔てて向かい合っていた。両者ともに一言も口を開かず、見合って十秒ほどか。

「詠唱も魔法陣も触媒もなしに、魔法を使ったな」

血厭いの魔人が眼光鋭くハヤブサを見据え、威圧感のある野太い声を発した。

「小僧、貴様……好戦魔導士か」

血厭いの魔人が腰元の柄へと手をかけようとして、大きくすかった。

魔人の腰元の鞘《さや》に柄がない。

キッカが見ると、その柄はすでにハヤブサが握っていた。ミーティア王女を引き寄せた、あの瞬間だろう。魔人の大太刀までついでに引き寄せて武装解除していたのだ。ハヤブサの持つ柄には刀身がない。柄だけに見える。だがハヤブサは、その柄に凶悪な不可視の刃でもついているかのようにしっかりと握り、決して手の内で弄《もてあそ》ぼうとはしていなかった。

「降伏しろ、四本角」

「図に乗るな、小僧」

血厭《ちいと》いの魔人がぱんっと腰の鞘《さや》を叩《たた》くなり、ハヤブサの手から柄が引っこ抜かれた。鞘と繋がった糸で引っ張られたとしか思えない挙動で、刀身のない柄が鞘へばちんっと収まった。

血厭いの魔人が柄に手をかけている。

ハヤブサは顔色一つ変えていなかったが、一度たりとも瞬きしていなかった。

空気が重い。

見ているだけなのに、キッカはそう感じた。息を吸うたびに身体がずっしりとして、その重さを吐きだせない。その最中、ハヤブサと魔人はぴくりともしていない。

キッカが耐えきれず、まばたきした途端だった。

血厭いの魔人が抜刀するなり、スライスされていく議場の座席がハヤブサへと迫った。血厭いの魔人が放った不可視の斬撃《ざんげき》だ。キッカは場違いにもエッグカッターを思い起こした。面制圧する斬撃だ。円形議場の四分の一の範囲をまるごと切り刻もうとしているのだろう。

荒々しい面の斬撃へと、ハヤブサが一直線に突っ込んでいくのが見えた。

すりぬけられるのか。

キッカがそう思うなり、ハヤブサが血厭いの魔人に肉薄していた。すり抜けてはいなかった。ハヤブサの肘から先の右腕が斬撃に巻き込まれ、虚空に大きく吹っ飛ばされているのをキッカははっきりと見た。切断され宙に舞う自身の右手を、ハヤブサが左手で引き寄せるなり魔人の胸部に叩きこんだのも、キッカは見た。

ハヤブサの一連の動きには、なんの躊躇《ちゅうちょ》も見られなかった。一切の怯《ひる》みがなかった。

ハヤブサの右手が魔人に触れたとたん、キッカの耳がきんっと鳴った。耳をつんざく破裂音だ。湿り気を帯びた気色のわるい打音が、軽い耳鳴りのなかにパラパラと混じっている。

頭の中の一切を音に張り飛ばされ、キッカは呆けたように立ちすくんでしまった。

切断された自身の右腕を摑んですっくと立つハヤブサの姿が見える。

血厭いの魔人の姿は、もうなかった。

跡形はあるが、人の形だったとは思えないものになっている。ハヤブサがどんな攻撃を放ったのか、血厭いの魔人がなぜ四散したのか、キッカにはわからなかった。

わかるのは、決着がついたことだけだ。

あっという間もない。

魔人が抜刀一閃したかと思うと、次の瞬間にはハヤブサが勝っていた。キッカは、今しがた目にしたものが見間違いだったのではと感じずにはいられない。

耳鳴りに呆けていたキッカの耳が、やっと通信符の音声を拾った。

「――繰り返す。シルフよりネ二十へ。報告を」

「え？」

「ネ二十、状況はどうなっている？」

風の君に重ねて問われ、キッカはやっと自分の職責を思い出した。

「あ……お、終わりました。ミーティア王女は無事です。血厭《ちいと》いの魔人は……ええっと……その、なんていうか……人の形では、ないです……」

キッカはハヤブサのもとへ、よたよたと歩み寄った。

地面を踏んでいる感触すらあやふやだったが、キッカは切り刻まれた議長席にこびり付く魔人の肉片が視界に入り、未だ蠢《うごめ》いている気色の悪さに顔をそむけた。

「ハヤ……オスカー……要請は、魔人の捕縛、だったん、です、けど……」

キッカが恐る恐る尋ねると、ハヤブサは顔色一つ変えずに頷《うなず》いた。

「大丈夫ですよ。この程度では死にません。魔人は肉片になっても、再生します。記憶や能力が欠損して力を弱めたとしても、魔王との約束がありますから、死ねないんです。封印された魔王が定めた様々なルールは現存していて、魔人が死なないのもその一つです」

ハヤブサの淀みない説明に、キッカはぎょっとした。

見たくもないのに議長席へと目がひかれた。これで、まだ生きているなんて。

「シルフよりネ二十へ。魔人の身柄は雷の国に任せよ」

「はい」

風の君の指示をハヤブサに伝え、キッカははっとしてハヤブサに呼びかけた。

「オスカー、う、腕が、その……」

「うで？　ああ、大丈夫ですよ、これくらい。慣れてますから」

「は、はあ……」

キッカは呆けたように頷くしかなかった。

切り飛ばされた右腕を左手で摑んでいるハヤブサが目の前にいるというのに、治癒術士を急いで呼ぶという気遣いすらキッカは働かせられなかった。妹のミュウが料理を手伝いたいと駄々をこねて、案の定指を切って大泣きした時、キッカはすぐ手当てができたというのに。

ハヤブサがあまりにも平常すぎるからか、血が一滴も出ていないからか。右腕を両断されていながら、ハヤブサは無傷だとでも言わんばかりだ。

キッカはどう行動するのがよいのか、判別しかねるばかりだった。ハヤブサがすたすたと歩いて議事堂の大ホール扉を開け放ち、武器を構えて突入態勢に入っていた騎士たちに「終わりました。あとはよろしく」と言い、広場で衛士の手当てをしていた治癒術士のもとへと歩いていくその背中を、キッカはただ雛鳥《ひなどり》のように追いかける事しかできなかった。

ハヤブサは切断された自らの右腕を、白衣を纏《まと》う治癒術士にぽんっと手渡した。

「すいません。これ、くっつけてもらえます?」

「は、はい……」

「どんなに痛くても構わないので、急ぎでお願いします」

「え?」

治癒術士ですら目を白黒させて、ハヤブサの注文に困惑している。

「麻酔術無しなら、できますよね? やろうと思ったら、二分以内に」

「は、はい。できます、けど……」

「ではお願いします。俺、慣れてますから。ちゃちゃっとやってください」

ハヤブサのやり取りを聞きながら、キッカは背筋が寒くなった。

ハヤブサの様子は、腕を切られて地に伏していた衛兵たちとまるで違う。これでは、あの衛兵たちが、お医者さんの予防注射が怖くて泣き叫んだ弟のシーと同じになってしまう。

腕を切られて、一切、取り乱さない。

敵や仲間を前に弱みを見せぬため、ではない。ハヤブサからは見栄や気負いといった、当たり前の感情が伝わってこない。ごくごく単純に「慣れて」いる。

ハヤブサは歴戦の魔導士なのだろう。

生き物として壊れてはいけない何かが壊れている。キッカにはそう思えた。

(えっと、ハヤブサさんだって、ちゃんと痛いん、だよね……?)

キッカは戸惑った。

治癒術士に片腕をくっつけてもらう時ですら、ハヤブサは痛がる素振りすら見せない。好戦魔導士一族というものの異常さそのものだと、キッカには思えた。魔人たちとの戦いの日々こそが、ハヤブサにとっての『日常』であり『普通』なのだろう。

（……ふつうじゃ、ない……この人……）

目撃した事実が、ぞくりとキッカの背筋を震わせた。

好戦魔導士という存在の一体なにが、人々にもっとも恐れられているのか。キッカは今まで自分がどれほど甘い認識だったのか、痛感せざるをえなかった。

（あんな風に魔人を、あっさりバラバラにしてしまえる人なんだ）

怖い。

ハヤブサが少しでも気まぐれを起こせば、人の命を奪うなど造作もない。普通の環境で育ってきた人ではない。戦いの場で、生きるか死ぬかをずっとやってきた人だ。

人の形をする何かを、なんの躊躇《ちゅうちょ》もなく、跡形もなく消し飛ばす人だ。

そんな人が、キッカの家に同居している。

（お母さん、シー、ミユウ……）

キッカには守らねばならないものがある。

母と弟と妹だ。

なんの事情も知らない家族が、悲惨なことに巻き込まれるかもしれない。いくら自分で手を挙げて引き受けた役目とはいえ、風の君に頼み込まれた役目だからといって、家族は危険にさらせない。ハヤブサは精神の根っこからして、キッカとは違っている。

（陛下の言質を、取っておいてよかった）

キッカはそう思った。

ハヤブサに申し訳ないと思う気持ちより、ほっとする気持ちが強かった。

（あの話、きっと本当だ……）

好戦魔導士の始祖が刎《は》ね飛ばされた自身の頭をひっつかんで魔王を殴り倒した、という第一次八つ裂き戦争における伝説は、冗談などではないのだろう。

ハヤブサの戦いぶりを間近でみて、キッカはそう感じた。

二分でくっついた右腕の感触をハヤブサが手を握っては開き、確認している。ハヤブサはけろりとしているのに、施術した治癒術士のほうが化け物でも見たような顔をしていた。

「麻酔もなしに、あんな早さで腕をくっつけたりしたら……」

「……なんで、暴れ出さないんだ？　失神しないんだ……？」

キッカの傍にいた他の治癒術士がひそひそと囁《ささや》き合っている。

ハヤブサが懐から機械式の懐中時計を取り出して、満足したように時刻を確かめていた。

「では、ネ二十。戻りましょう」

　ハヤブサが差し出してきた左手から、キッカは思わず後ずさった。ハヤブサがただ元いた校長室へ連れて帰ろうとしているだけだとわかっていても、キッカの身体が反応した。ハヤブサの瞳《ひとみ》に沸いた戸惑いの色を深刻なものへと変えないように、キッカは肩を差し出した。

　ハヤブサが左手でキッカの肩に触れ、右手で自身の胸元に触れている。

　この広場へとくる前と同じ格好だ。

　縮地魔法で長距離を瞬間移動する時の、ハヤブサの仕草なのだろう。

　周囲の景色がふっと暗くなり、キッカが気付くと校長室の絨毯《じゅうたん》の上だった。

　広場の喧騒とはもう無縁だ。十二月のひんやりとした空気が漂っている。いく時と同じく、あっという間もない。王立王都第一高等学校の校舎に戻ってきている。今まで雷の国にいたせいだろう。キッカは空気が湿っぽいとすら感じてしまった。

（ハヤブサさんの、服……なんとか、しないと……）

　キッカは自分の役目を思い出した。

　血厭《ちいと》いの魔人に斬られたハヤブサの右腕はくっついたが、右の袖は切り裂かれたままだ。このまま次の授業に出るのはまずい。だが、針と糸で縫い合わせているような時間もない。ハヤブサが右袖を手にして、どうしようと困り果てている。手近なものでなんとかせねばとキッカは見回し、校長室にあったホッチキスが目に留まった。応急処置だ。切り裂かれた右袖をキッカがホッチキスでとめて、その上から学徒ローブを羽織ってもらった。

ぱっと見、違和感はない。

(次からは、学校のどこかにハヤブサさんの着替えも用意しておいてもらおう)

風の君か局長にそう上申しようとふと考えた自分の、なんと滑稽《こっけい》なことか。そんなことは王直属の連絡係を続けようとしている人がやることだ。

キッカは口元にくっと力を込め、校長室から出て階段を上った。ハヤブサの足音を背中に感じながら、その足音から逃げたい気持ちをこらえ、二階へ上り角を曲がった途端だった。

「わっ!!」

チャイカが満面の笑みで飛び出してきた。待ち伏せしていたらしい。キッカはぎょっとして背後を振り返った。ハヤブサが目をまん丸くして固まっている。

キッカはかっとした。

もしハヤブサが反射的に反撃でもしてしまっていたら、チャイカは血厭《ちいと》いの魔人の二の舞になっていたのだ。チャイカは自分のしたことの恐ろしさがわかっていない。弟のシーが包丁を持ってふざけた時とは比べ物にならない、猛烈な怒りがキッカの口を衝《つ》いた。

「チャイカ!!」

「……ど、どったの?　キッちゃん?」

チャイカが困惑していた。ハヤブサまでぎょっとしている。

当然だろう。単なる同級生のじゃれ合いだ。キッカの反応のほうがおかしい。びっくりして文句を言って、ちょっと怒って終わり。そういうものだ。

キッカはふと冷静になって、いけないとチャイカの手を取った。

「ごめん。ごめんね、チャイカ。私、驚きすぎちゃって……」

「う、うん？　そっか、ごめんね。あたし、やりすぎた、かも……」

「違う違う。私のほうが驚きすぎちゃっただけだから」

笑ってキッカがそう取り繕うと、チャイカもおそるおそる笑ってくれた。

「ハヤっちも、ごめんね。怖かった？」と話しかけるチャイカに「怖くはなかったですけど、びっくりしました」と答えるハヤブサの表情は、魔人を始末した時とは大違いだ。

キッカは気が気ではなかった。

四本角の魔人を瞬時に撃破した、あの羅刹《らせつ》のような戦いぶりがキッカの脳裏に焼き付いている。切り飛ばされた右腕を左手で掴み、魔人を殴り倒した瞬間は、忘れようと思っても忘れられない。ハヤブサが気まぐれを起こせば、この学校などすぐに消し飛ぶだろう。

ハヤブサのその精神の根底にあるものは、常人のそれとは決定的に違っている。

（……そりゃ、入学、断られるよね……）

キッカはそう思った。

各国の学校がハヤブサの入学を断ったのは、妥当な判断だったのかもしれない。好戦魔導士のあの戦いぶりを知っている者なら、畏《おそ》れるのは当然だろう。

三時間目が始まり、そして昼休みとなっても、キッカはバルクラアドの議事堂での一戦が脳裏にこびり付いて離れてくれなかった。食堂でシュヴァルベやチャイカと一緒に芋料理を食べるハヤブサの一挙手一投足に神経を使った。ひよっこ探偵オスカーについて他愛もない話をしているだけなのに、シュヴァルベとチャイカのことがキッカは心配だった。

午後の授業が始まり、放課後になり、ランドヨットの停留所から四番街の自宅へと戻ってきて、シーとミュウに出迎えられるとキッカの不安はより深まった。

ご近所さんが焼いてくれるクッキーの美味しさについて熱弁をふるうシーとミュウが、昨夜の続きとばかりにハヤブサを質問攻めにしつつ屋根裏部屋へと消えていった。

（風の君に、どう切り出そう……局長に、どう話そうか……）

キッカは学徒ローブをハンガーにかけ、しばし考えた。王直属の連絡係を辞退したとして、職はどうなるのか。家族にはどう説明するか。

キッカはとりあえずの見通しを立て、重いため息をついた。

今日、エレクトラの帰宅はもうちょっと後だ。

（夜ごはん、用意しないと……）

ストーブキッチンの横でキッカが食材を刻んでいると、いきなりミュウの悲鳴がきこえてきた。屋根裏からだ。かまどの火もそのままにキッカはすっ飛んでいった。

キッカが階段を駆け上って屋根裏部屋へ飛び出ると、ハヤブサを下敷きにしてシーとミュウがきゃっきゃとじゃれあっていた。ごっこ遊びの一種のようだ。

キッカは心底安堵《あんど》した。

心底安堵したからこそ、やはり無理なのだと直感した。

「シー、ミュウ、離れなさい」

キッカは告げた。しかし、シーもミュウも「やだよぉ」と真剣に取り合わなかった。

「離れなさい！」

キッカは自分の声の鋭さと大きさに、自分自身で驚いた。

シーとミュウが面食らっている。ハヤブサも目をしばたたかせていた。

「ね、ねぇちゃん？」

「どしたの？　……ミュウ、コワイ……」

きょろきょろとキッカとハヤブサを交互に見ながら、シーとミュウが戸惑っている。キッカは口元を引き締めたまま、屋根裏の階段をすっと指さした。

「ハヤブサさんの部屋から、出て。シー、ミュウ」

ミュウとシーが階下に姿を消すと、なお気まずい雰囲気が満ちた。

キッカはしばしハヤブサの顔を見ることができずに俯いた。

それでも話さねばと、キッカは決意した。

好戦魔導士が相手でも、これだけはゆずれない。

私には王直属の連絡係が務まらない、と。あなたが心底おそろしい、と。風の君とそういう約束を交わしてある、と。褒《ほ》められた心情ではないが、せめて自分の口からハヤブサに伝えようと、キッカは勇気を振り絞って顔を上げた。

けれど顔を上げたキッカの目に飛び込んできたハヤブサの瞳《ひとみ》は、弱々しいものだった。自らの生き血を供物にされんとする羊がどうにもならない運命をもがきながら受け入れざるをえなくなっていくような、哀しい瞳だ。キッカのあてがった決して見えない冷たい刃の感触を、その意味を、その喉《のど》首に感じているのにハヤブサは受け入れようとしている。

キッカにはそう見えた。

「……そう、ですよね。ああして戦うのは、十歳からずっと、数えきれないくらいやってきたことで。だからその、そうですよね……怖い、ですよね、ああいうのは」

ハヤブサは身じろぎもせず、声を穏やかにしていた。

「初めて好きになった人も、そうだったから、あの……十二歳の時、そうだったのに、なのに俺、また、なにも考えずに、あの…………ごめんなさい」

ハヤブサが頭を下げた。火の国で謝意を示す仕草なのだろう。

「そういう風に怯《おび》えさせてしまって、ほんとうにすみません。俺はわかっていますから、あなたが悪くないことを。俺のふとした当たり前が、あなたを怖がらせてしまうことも。大丈夫です。俺はここから出ていきます。俺は普通になりたくて、普通の人っていうのはきっと、誰かを怯えさせてまで自分の居場所を作ろうとはしないから」

淡々とハヤブサは言った。

キッカを怖がらせないように、ハヤブサが努めてそうしているのは明白だった。キッカが手にしていたはずの見えない刃をいつのまにかするりとその手に取って、自分で自分の喉首を切り裂いている行為であることを気取られぬように、と。

ハヤブサが広げた風呂敷に手際よく荷物をまとめあげ、おもむろに立ち上がった。

（この人は、ずっとそうだった……）

キッカが思い出す限り、風の国に来てからハヤブサはずっとそうだった。

休み時間の十分で魔王の手先をコテンパンにやっつけた恐ろしい面影などそこにはない。風呂敷包みを手にぽつんと立つ、真面目で一生懸命な少年の姿があるだけだった。

キッカは胸がずきりとした。

（……たった、一人なんだ……ハヤブサさんは……）

一族全員の反対を押し切って、ハヤブサはここにいる。どの国の学校からも断られ続け、なんとか条件付きで、こうしてハヤブサは風の国の片隅に立っている。

この屋根裏部屋から出たとして、受け入れ先が見つかるのか。

（もっともっと、苦労する……）

キッカの家がハヤブサの下宿先に決まるまでにも、紆余《うよ》曲折があったのだ。すんなり次の下宿先が決まるわけがない。次の『連絡係』が、ほいほいと決まるはずがない。

さらに大変な思いをするだろう。

もっと、つらいことが待ち受けているだろう。

やっと立った入学というスタートラインが、また前方に設けられるのだ。

ばたばたと階段から飛び出してくる音がした。シーとミュウが割り込んできて、二人して手を広げてハヤブサを背に庇《かば》っている。シーもミュウもその小さな肩を怒らせていた。

「姉ちゃん、ハヤブサ兄ちゃんがかわいそうだろ！」

「お姉ちゃん、ひどいっ」

「ハヤブサ兄ちゃんが、どんな悪いことしたってんだよ！」

（……してない。ミーティア王女を救った……）

シーとミュウの指摘に、キッカははっとした。

ハヤブサは悪い人ではない。

それはキッカにもわかる。真っすぐだ、ハヤブサは。心配になるほどに。

「ち、ちがいますよ。シーさん、ミュウさんっ。あ、あのっ、ちがいます！」

シーとミュウに庇われて、なぜだかハヤブサが一番狼狽《うろた》えていた。

「キッカさんは、悪くないんです。俺なんです、悪いのは」

「……ううん。違う」

キッカは首を否と振った。

「悪いのは、私のほうだった」

「キッカさん、俺、慣れてますから。大丈夫です。無理はしないでください」

「他に行く当てって、あるんですか？」

「お願いしたら、きっとどうにかしてくれます。慣れてますから、時間がかかるのも、ふりだしに戻るのも。ぜんぶ、慣れてますから。あの、俺、平気です」

ハヤブサの声は落ち着いていた。その目も、仕草も。

強がっていることがキッカにはわかった。

（あ、そうか。そうだった。……ただ学校に入るってだけで、通うってだけで、ハヤブサさんは、休み時間に魔人と戦わないといけないいんだ……）

どれほどの壁を乗り越えてきたのだろうか、ハヤブサは。風呂敷一つでキッカの家の屋根裏部屋にやってくるまで、乗り越えねばならないものがいくつあったのだろうか。

（……平気、か……）

高校進学をあきらめて、通信符術士の資格を取った時、キッカも母にそう言った。「高校はいいから、働きたい」と、「平気だよ」と、母にそう言った時の自分もこんなだったろうか。

国家情報局で働き始め、出勤時にすれ違う学生たちから目を逸らし続けたあの二年、見せないように堪え続けていた自分の一面は、こんなだったろうか。

キッカはふと気づくと、立ち去ろうとするハヤブサの手を掴んでいた。

「あの……？　キッカ、さん……？」

ハヤブサが戸惑っている。

それはそうだろう。

出て行ってもらおうとしたかと思えば、引き留めるかのように手を掴んでいる。一人の人間として整合性がない、身勝手で、まったくあべこべな行動だ。

「正直、あなたのことは怖いです。でももう、怖いだけではなくなりました」

キッカは真正面からハヤブサの目を見て言った。

（ハヤブサさんは、本気で、ふつうになりたいんだ）

自らの一族を飛び出してでも、目指したい想いがハヤブサの中にはある。その想いを、ここで断ちきれるだけの冷徹さなんてキッカは保ち続けられなかった。今も母やシーやミュウのことが心配なのに、けれど、ハヤブサのこともなんとかしたい。

悩みながらもキッカはハヤブサの手を離せなかった。

離そうとしない自分に賭けることにした。

（……学校にハヤブサさんの着替え、用意しておいてもらえるようにしよう）

ハヤブサが求めているものは『普通』だ。

平凡な庶民の感性を知ろうとしている。好戦魔導士一族で学んできたこととは違った、人との関わりかたをハヤブサなりに模索しようとしているのだろう。

キッカは目を瞑《つむ》り、一度だけ深呼吸した。

「ここにいて、ハヤブサくん。無理じゃないから」

勇気を出してキッカは敬語をやめた。

ハヤブサが望んでいるものは、きっとそういうことのはずだと思った。

△――「第二章」――▽

1

ハヤブサはぱちりと目が覚めた。

毛布を引きずりベッドの下から這《は》い出ると、天窓からさす朝日の柔らかさに、思わず目を見張った。文机《ふづくえ》も、その上に飾ったお気に入りの小説も、昨日のままだ。

ハヤブサはぽかんとした。屋根裏部屋に、まだ自分がいる。いられる。

『ここにいて、ハヤブサくん。無理じゃないから』

昨日キッカが言ってくれたことを思い出し、ハヤブサは胸がじんわりとした。

昨日もうれしかったが、朝になっても、やっぱり嬉しい。

ハヤブサの出自とその戦いぶりを間近で見て、怖いと感じていながら、あんな風に言ってくれる人なんて初めてだ。好戦魔導士一族のもとにやってくる人は、修行目的の武術家や軍人がほとんどだ。ハヤブサの戦いぶりを見て手を叩《たた》いて喜ぶような変な人たちばかりだった。

キッカは違う。

ハヤブサはそう感じる。ハヤブサが求めるものに、寄り添おうとしてくれた気がする。そんな人は初めてだ。

「キッカさんを怖がらせないよう、がんばろう」

毛布を綺麗に畳み、夜なべして縫い付けた右袖の感触を確かめて、ハヤブサは胸の前で拳《こぶし》を握った。日頃の生活はもちろん、王の要請でも気を付けねば。そう思いながら登校の準備を整えて立ち上がると、階段を上ってきたキッカと鉢合わせた。

「おはよう。ハヤブサくん」

「おはようございます、キッカさん」

「そろそろ朝ごはんだから、おりてきて」

「はい！」

ハヤブサが元気よく一階へ向かうと、バターの香りがぐっと強くなった。ふわふわに焼かれた卵が食卓の上で湯気を立てている。大皿には千切《せんぎ》りにされた野菜のサラダと、小瓶《こびん》に入ったドレッシングらしきものがある。ストーブキッチンから聞こえてくるぐつぐつという湯の音に混じり、ドタバタという軽やかな足音が階段のほうから聞こえてきた。

シーとミユウだ。

朝っぱらから、ごっこ遊びの配役でもめているらしい。

「ミユウがずきんのきみ、するのー」

「やだよぉ、ボクが先にするんだ。ミュウがまじんやってよー」

「いまはミュウが妹なの。すえっこが先なの！　おねえちゃん言ってたの」

「……ちぇっ。都合のいい時だけ、あっさり妹になるんだから……」

シーがぼやきながらも、階段で寸劇のようなものが始まっている。ハヤブサがあれはなんの遊びなのかと尋ねようとすると、キッカがエプロン姿のエレクトラに聞いていた。

「お母さん、あれ、なんの遊び？」

「念写新聞にね、載ってたのよ。『頭巾の君』、だったかしら？」

「へぇ」

キッカが生返事をしながら棚に置かれた新聞を拾い上げるなり、その眉根をぐにゃっと曲げた。キッカが新聞に目を走らせ、慌てたようにハヤブサへと突きだしてきた。

「ハヤブサくん、これ！」

「……念写新聞が、どうかしたんですか？」

ハヤブサは困惑しながら受け取った。

『姫君を救う英雄、颯爽《さっそう》と現る！』という仰々しい見出しがあった。どこかの国で英雄なる者が現れてお姫様を救い出したらしい。ハヤブサは感心した。

（へぇ、『頭巾の君』かぁ。世の中には立派な人がいるんだなぁ……ん？）

ハヤブサの視線が一点でぴたりと止まった。

見出しの下に、白黒の念写が載っている。『頭巾の君』なる英雄の顔をとらえた一枚だ。見覚えのある頭巾で顔を覆った、なんだか、見覚えのある人物だった。記事に目を通すと、なんでもその一枚は、雷の国バルクラアドの議事堂前の広場で撮られたものらしい。

（……あれ？　『頭巾の君』って……こ、これって……俺？）

新聞に載っている念写の画像は粗い。

頭巾でハヤブサの顔は完璧に隠れている。それが救いだ。先日の議事堂立て籠り事件の現場に、どうやら念写新聞の記者がいたらしい。すっぱ抜かれていた。

まったく喜ばしいことではない。

注目されては困ることが、注目されてしまっている。

（……ま、まずくないか？　これ？）

ぶわっとハヤブサの額に汗がにじんだ。

新聞を持つ手が震えだしそうなのを堪えるので、ハヤブサは必死だった。ハヤブサが不安そうにキッカをみやると、キッカもハヤブサと同じくらい不安そうにしていた。

学校に通うための条件の一つが『好戦魔導士の出自を知られないこと』だ。頭巾の君に注目が集まるということは、ハヤブサの正体が露見するリスクが高まったことに他ならない。

ハヤブサは朝ごはんの味すらよくわからなかった。食器を洗うときも集中できず、手を滑らせて皿を一枚欠けさせてしまう有様だった。

「いってらっしゃい、キッカ。ハヤブサくん」

「いってきます」

エレクトラに見送られて家を出たものの、ハヤブサの足取りは重かった。教材やノートをくるんだ風呂敷包みをうっかり忘れ、すぐ取りに戻ったほどだ。

気が気ではない。

すれ違うご近所さんや登校中と思《おぼ》しき学生たちの口から「頭巾の君」という言葉が聞こえてくるのだ。そのたび、ハヤブサは肩がびくついてしまった。

昨日の出来事がどうしてここまで注目されてしまっているのか、さっぱりわからない。頭巾の君への反応は好意的なものばかりだったが、好意的であろうとなかろうと、ハヤブサにとっては危険だ。ハヤブサの学生という身分を揺るがしかねないものだ。

キッカが人気《ひとけ》のない裏路地へと入り、辺りを見回して声を潜めた。

「いますぐどうなるって訳じゃないけど、これから陛下の要請には、もっと細心の注意を払って応えていこう、ハヤブサくん。ちゃんと正体を隠しきれるように」

「わかりました、キッカさん」

「……あ、そう言えばさ、ハヤブサくん」

「はい？」

「あの頭巾の作り方、お洒落《しゃれ》だよね。巻き方、教えてくれないかな？」

まさかキッカの役に立てることがあるとはと、ハヤブサはほくほく顔で手解《てほど》きした。たったそれだけで、自分の正体が露見するかもという不安すら、どうしてだか和らいでいく。人気のない裏路地でハヤブサが軽く手解きするだけで、キッカは瞬く間に身に着けた。

（キッカさんって、すっごく飲み込みが早い）

ハヤブサは舌を巻いた。

こんな人が自分の生活をサポートしてくれているのかと思うと、心強かった。頭巾を解いて平織の布を鞄《かばん》に収めながら、キッカが「あ、そうだ」と切り出した。

「できるのなら、ハヤブサくん。戦う時は防御してほしい。相手の攻撃、避けてほしい」

キッカは真剣な眼差《まなざ》しだったが、ハヤブサは首を傾げた。

雷の国の議事堂での一戦に関して、だろうか。

防御はしているし、ちゃんと避けてもいる。だから致命傷を食らわなかったのだ。が、キッカにはそうは見えていないらしい。ハヤブサはおずおずと申し出た。

「あの、キッカさん……腕千切《ちぎ》れるくらい、痛いけど俺は平気ですよ？」

「私が平気じゃないの」

「けどですね、腕って、取れてもくっつきますし――」

「痛いんだよね？」

キッカの有無を言わせぬ問いかけに、たじろぎながらハヤブサはこくりと頷《うなず》いた。

「え？　は、はい。まぁ、それなりに……」

キッカの対応が昨日とはまるで違う。

なんだか、シーやミユウへの対応に似ている。

「ハヤブサくんが痛いのなら、私、イヤ」

「でも、あのぅ、キッカさん。『腕はとれるもの、脚はもげるものと思い戦え』っていう教えが一族にあって、これはなかなか核心をついた理に適った教え――」

「普通に、なりたいんだよね？」

「……はい」

「なら、戦い方から変えていかないと」

（そっか。たしかに、そうだ）

ハヤブサははっとした。体に染みついた好戦魔導士一族の教えの根深さに無自覚だった。キッカの指摘のおかげだ。ハヤブサは風の国にきた甲斐《かい》を感じた。

（ああ、この国にきてよかった。キッカさんがいてくれて、よかった……）

王の要請中に顔を頭巾で隠すのも、キッカのアイデアだ。もしそうしていなかったら、今朝の念写新聞にハヤブサの顔がでかでかと載っていたところだ。昨日と同じ停留所からランドヨットに乗ると、同乗者たちも「頭巾の君」について口にしていた。

本当に危ないところだった。

学校近くの停留所で降りると、見知った顔が白い息を弾ませてやってきた。

「おはよー、キッちゃん、ハヤっち」

手を振るチャイカは朝から元気いっぱいだ。走ってきたのか、頬が高揚している。チャイカはランドヨットには乗らない主義らしい。体を動かすのが好きなのだろう。運動部の助っ人に引っ張りだこだと、昨日の学生食堂でシュヴァルベが言っていた。

「おはよう、チャイカ」

「チャイカさん、おはようございます」

ハヤブサが挨拶《あいさつ》を返すなり、チャイカがじーっとハヤブサを見てきた。ハヤブサの足先から頭のてっぺんまでまんべんなく見るように、チャイカの頭と瞳《ひとみ》が動いている。

「うん、やっぱり。やっぱりそうだよ、ハヤっち」

「チャイカさん、なにがやっぱりなんですか？」

「うん、昨日から思ってたんだけど、ハヤっちってさー、ただものじゃないよね」

ハヤブサはぎくりとした。思わず手にしていた教科書の風呂敷包みを落としてしまい、慌てて拾い上げた。じとっとした汗が額に滲《にじ》み出したような気がする。

「チャイカさん、ただ者じゃないって……いうと？」

「うーん。こう、ぱって見た感じさ、すっごい強そうなんだよねぇ。……体幹、とか？　水の国の水舞いの達人……えっと、水の国には水底で眠ってる巨人様に捧げる特別な踊りがあるんだけど、その水舞いの達人とかってね、不安定な波の上で踊ったりするから、やっぱい平衡感覚してるんだけどさぁ、その人の立ち姿となんか重なる感じがするっていうか……うーん」

チャイカは「あ、そうだそうだ」と言わんばかりに眉間《みけん》の皺《しわ》を解いた。

「綺麗なんだよ、ハヤっちって。姿勢がすっごく。達人並みに」

チャイカはニコニコとして褒《ほ》めながら、ハヤブサを震え上がらせる質問を口にした。

「なんで、そんなに綺麗なの?」

好戦魔導士として生まれてこのかた、戦いの毎日で鍛え上げてきたからです。

などという真実をハヤブサは口が裂けても言う訳にはいかない。

それらしい嘘《うそ》を言わねばならない。

だが、それらしい嘘の『それらしい』がなんなのか、ハヤブサには見当もつかなかった。

(な、なんて言い訳すればいいんだ……?)

ハヤブサの頭の中は真っ白だ。

チャイカの好奇心に満ちた真っすぐな目が、ハヤブサから外れてくれない。

ハヤブサは居心地が悪く、身じろぎした。どんな凶悪な魔人に睨《にら》みつけられても平然としていられる自信がハヤブサにはあるが、チャイカの視線には二分と耐えられそうにない。

ハヤブサがひやひやしていると、横手からキッカがするりと入ってきた。

「あれじゃない? 昨日言ってたでしょ、ハヤブサくん。火の国では子供の頃から何かしらの

武道を学ぶって。ハヤブサくんも、少しは齧《かじ》ってたんでしょう?」

「は、はい」

「へぇ、そっか。そうなんだ」

チャイカはすんなり納得してくれたようだ。

ハヤブサはほっとした。ちらりと見ても、キッカには動揺した素振りすらない。平然としたまま、チャイカとドーナッツの屋台について談笑している。

(キッカさん、ナイスすぎる……ん?)

ハヤブサの手にもつ風呂敷包みに軽い違和感が生じた。みると、風呂敷包みからはみ出した平織の布を、チャイカが手に持ってするすると引き出していた。

ハヤブサの心臓が痛いほどドクンっと鳴った。

「……ん? これ、なに……?」

チャイカが平織の布を手に、まじまじと確かめている。さっき風呂敷包みを落としてしまった拍子に、平織の布の端っこがひょっこり外へと出てしまっていたらしい。

頭巾の君の象徴である、あの平織の布だ。

チャイカの眉間《みけん》には皺《しわ》が寄っていた。

「あれ、これって……あれ、だよね……? 今朝、ニュースになってた……」

チャイカの目がハヤブサをじっととらえて離さない。

「ハヤっちがなんで、頭巾の君と同じやつ、もってるの……?」

頭巾の君だからです。

などという真実の返答しか思い浮かばず、ハヤブサは顔から血の気が引く気がした。あっけない。なんということか。こんなあっさりと、動かぬ証拠を摑まれてしまうとは。ふとした拍子に自白しそうになるのをぐっと堪えるので、ハヤブサは精一杯だった。

本物の物証を目の前にして、なにをどう弁明することがあるのか。

ハヤブサは、描いていた学校生活がガラガラと崩《くず》れていく音を聞いた。

(……あ、ダメだ。終わった。学校にいられなくなる……)

「チャイカ、それ貸して」

ハヤブサが呆然と立ち尽くしていると、キッカがあっけらかんと平織の布をハヤブサに巻き始めた。そして念写新聞と寸分たがわぬ『頭巾の君』へと仕上げてしまった。

(き、ききさっ、キッカさん!?)

ハヤブサはふらついた。

訳が分からない。

バレたらまずいと今朝がた話し合ったばかりのキッカが、よりにもよって、チャイカに露見しかけているこの状況で、ハヤブサを渦中の『頭巾の君』へと変身させるとは。

あふれ出す本物のオーラをチャイカが見逃すはずはない。

しかしキッカは全く取り乱すことなく、むしろ自慢げにチャイカに披露した。

「どう？　チャイカ？」

「すごいっ、本物と変わんないよ、キッちゃん！」

「でしょ？　帰ったら弟たちを驚かせようって、それっぽいのを見繕ってみたの。ハヤブサくんと。ね？　どうどう？　そっくりじゃない？　巻き方とか、よくできてるでしょ？」

キッカが聞くなり、チャイカは大きく頷《うなず》いた。

「できてるできてる、あたしも欲しい！　ってか、つけたいっ。巻いて巻いて」

チャイカのせがむ様子に、ハヤブサの正体に勘付いた気配は一欠けらもない。

（チャイカさんが納得してくれた⁉　……た、助かった……）

ハヤブサは胸を撫《な》でおろした。チャイカはキッカの手ほどきで頭巾の君へと変身させてもらうなり、校門近くを歩く生徒たちに見せびらかしている。

キッカの機転のおかげだ。今日でもう二度、窮地を切り抜けられた。

「……き、キッカさん、ありがとうございます……」

ハヤブサが耳打ちすると、キッカが困ったような笑みを見せた。

「たいしたことじゃないよ。さっきのだって、ハヤブサくんが思ってるほど、チャイカはハヤブサくんのこと疑ってるわけじゃなくて、気になったことを聞いてただけだから」

「……そ、そうだったんですか……？」

「うん」

こくりと頷くキッカに促され、ハヤブサはまじまじと校門をみた。

校門をくぐる生徒たちはことごとく、チャイカが妙ちくりんなポージングを取って出迎えるたび、歯を見せて笑っていた。誰も信じていないようだ。あの頭巾が本物であるなどと。

「ほう、頭巾の君か。なかなかうまく真似したな」

ハヤブサの横手から感心したような声がした。

見ると、小麦色の肌の男子学生がすらりと立っている。雷の国のシュヴァルべだ。入学早々チャイカと二人で新聞部を立ち上げたらしい。今朝のニュースはシュヴァルべもばっちり把握済みのようで、部活動のネタになりそうだと考えているのだろう。切れ長の目に落ち着いた物腰は、学徒ローブを羽織っていても先生に見えてしまうほどだ。

「チャイカが見よう見まねであんな巻き方ができるとは思えないな。キッカ、君か？　それとも、ハヤブサ、君なのか？　あの頭巾、上手く巻いてあるな。そっくりだ」

「巻いたのは私で、巻き方を教えてくれたのはハヤブサくんだよ」

「そうか。とすると、頭巾の君は火の国の人間かもしれないな」

シュヴァルべが何の気なしに言ったことで、ハヤブサは心臓がぎゅっと縮んだ。頭巾の巻き方一つでシュヴァルべが頭巾の君の出身地を割り出しかけているのだ。

新聞部の部長というより、なんだか探偵のようだ。

（シュヴァルベさんって、いい人だけど、油断してはいけない人かも……）

校門をくぐりながら、ハヤブサはふとそんな気がした。

チャイカが頭巾を解いて、平織の布をくるくると手に巻いて追いかけてきた。頭巾の君ごっこはもうお腹いっぱいらしい。「キッちゃんありがと、楽しかった」とチャイカが手渡した平織の布を、キッカが慣れた手つきで綺麗に畳み、「はい、ハヤブサくん」と手渡してくれた。

四人して教室へ入り、着席するなりチャイカがシュヴァルベに呼びかけた。

「ねぇねぇ、べーやん。頭巾の君って、雷の国の人なの？」

「いや、おそらく違う」

「じゃあ、どこの人？」

「さあな。だが、雷の国の人間ではないと俺は思う」

腰を下ろしたシュヴァルベは顎《あご》に手を当て、脚を組みかえながらそう言った。褐色の肌に手足の長いシュヴァルベの仕草は、なんだか貴公子然としていて様になっている。

「シュヴァルベさん、は、なんでそう思うんですか……？」

風呂敷包みもそのままに、ハヤブサはおずおずと尋ねてみた。

「雷の君は公平で厳格なお方だ。我が子可愛さに魔王復活を許すようなお方ではない。ミーティア様……身内が犠牲になろうと魔人を倒せと御命じになったはずだし、今回の事件を解決したのがもし雷の国の手の者なら、その組織なり個人なりを称えるはずだ」

「なるほどぉ」

チャイカが感心したように頷《うなず》き、ぽんっと手を叩《たた》いた。

「つまり頭巾の君は、偶然通りすがった善意の第三者ってことだ？」

「いや、場所が場所だ。雷の国の議事堂。しかも、王直属の雷騎士団が突入準備を整えていたと念写新聞にあった。偶然通りすがった第三者が入り込めるとは思えない」

「ってことは？」

「雷の君の要請を受けて、他国の誰かが頭巾の君を派遣した……のではないかな。頭巾の君の活躍は見事だが、あまりに華麗すぎる。ミーティア様を無傷で助け、魔人は一瞬で倒す。人質の数や魔人の強さ、そういった現場の情報が頭巾の君には伝わっていたはずだ」

シュヴァルベの考察は、的を射たものばかりだ。

あの事件の時のやり取りすべてを聞いていたのかと思うほどだ。

ハヤブサは背中がじんわりと汗で湿った。

（シュヴァルベさん、すごい……ひよっこ探偵オスカーみたいだ……）

ハヤブサは背筋が震えた。思わず、そわそわとしてしまう。

ひよっこ探偵オスカーの作中で、さくらんぼ盗み食い事件を徐々に暴かれていく真犯人のヒヨドリ先輩の気持ちは、きっとこんな感じだったのだろう。

チャイカがもっと聞きたいと机に身を乗り出している。

「頭巾の君を派遣したのって、どこの国の誰かな?」

「わからない」

シュヴァルベが肩をすくめている。

その様子にハヤブサはほっとしかけたが、シュヴァルベの推理はまだ終わっていなかった。

「どの国の王も組織も、頭巾の君の手柄が自国のものであると声明を出さない。ということは頭巾の君は正体を知られては困る誰かであり、秘め事が得意な組織が派遣したと考えることもできる。もし風の国なら、国家情報局〈風の耳目〉が濃厚だろう」

「かぜのじもく?」

「ああ」

「……なんか、つい最近、聞いたことがあるような、ないような……」

思い出そうと首をひねるチャイカへと、シュヴァルベが補足するように続けた。

「たしか、かつては『王の虹彩』『王の鼓膜』と呼ばれた、風の国の情報機関だよ。まあ、明日か明後日くらいには、念写新聞も同じことを書くはずだ。部数を稼ぐために情報は小出しにするというのが、おそらく念写新聞の方針だろうからな」

シュヴァルベが淡々と予想を述べている。

ハヤブサは気が気ではなかった。

(しゅ、シュヴァルベさん、す、するどい……するどすぎる……)

ハヤブサにとっては危険人物とも言える。

こんなに頭のいい人がすぐ近くにいたら、いつ気付かれるのか分かったものではない。ほんの些細《ささい》なハヤブサの言動から、ずばりと正体を見抜かれかねない。

ハヤブサが見守る中、シュヴァルベの眼差《まなざ》しがキッカへと向いた。

「キッカなら、耳にしたことあるだろう？　風の国の人間だし」

「そりゃね。私も、頭巾の君がもし風の国の人間なら、シュヴァルベくんの考えはいい線いってると思う。〈風の耳目〉が魔王復活阻止を担っているのは有名だから」

「なら、〈風の耳目〉の本部に出入りしている誰かが、案外、頭巾の君の正体かもな。たしか〈風の耳目〉の本部は、王都城下の……どこだったかな？」

「城下二番街だね。警察署の近くだよ」

「詳しいな、キッカ」

「私、そこで働いてたから。シュヴァルベくんには言ってなかったっけ？」

キッカがそう言うなりシュヴァルベは驚いた顔をして、チャイカを見やった。チャイカは「あたしは知ってた」と、さっきまですっかり忘れていたくせに、なんだか自慢げだ。

シュヴァルベが「それなら」と切り出した。

「……頭巾の君の正体について、心当たりは？」

「あると思う？　自分で言うのもなんだけど、中卒組の下っ端だったんだよ？」

キッカの返答は、エレクトラやミュウとシーに説明していることと同じだ。七割がたの事実と三割の嘘《うそ》を巧みに織り交ぜながら、決して核心には触れられないようにしている。その話しぶりもすごく自然体で、シュヴァルべすらまったく怪しんでいない。

やっぱりキッカさんはすごい、とハヤブサは感心した。

話を聞いていたチャイカがばしんっと机をたたいて立ち上がった。

「わかった！　わかっちゃったよ、諸君っ！　頭巾の君の正体がっ。一見正しく思えてしまうべーやんの推理のすべてこそ、正体を隠したい頭巾の君の思惑通りだったのさ！　頭脳明晰《めいせき》な頭巾の君の手のひらの上で踊らされちゃってるんだよ、あたしたちは。だからやっぱり頭巾の君は通りすがりの第三者で、〈風の耳目〉とも何の関係もない人物に違いない！」

チャイカが胸をえっへんとそらしている。

ハヤブサは安堵《あんど》した。

（あ、チャイカさんは大丈夫っぽいぞ、そんなに警戒しなくても）

「つまり、ハヤっち！　『頭巾の君』の正体は、キミだ！」

「――っ!?」

ハヤブサは心臓が止まるかと思った。山に風穴を開けながら跳んできた父ハヤテの飛び蹴《げ》りを食らった時よりも、ハヤブサの体感としては衝撃的だった。

（ば、バレた!?　な、なんでっ!?　どういうこと!?）

　チャイカの人差し指でびしっとさされるだけで、ハヤブサは自分の眉間《みけん》に穴でも空きそうな気がした。その上、シュヴァルベの切れ長の目がハヤブサをとらえて離さない。

「チャイカ、一応聞かせてくれ。根拠はなんだ？」

「告げてんのさ。あたしの女の勘が！」

「……」

「あたしゃ、ビビッときた」

　そう言ってチャイカがさらに胸を張るなり、シュヴァルベの目が愉快そうに細まった。

「ふふっ、あっははは！」

「あははっ、はははっ！」

　シュヴァルベにつられたかのようにキッカまで笑いだした。

　チャイカが頬を膨らませている。

「あっ、ちょっ、キッちゃんもべーやんも、ひどい！」

「ち、ちちち、ちがいますよ、チャイカさん！　お、俺、ちがっ」

　慌てて否定しようとして、ハヤブサはどもった。

　隠しきれない動揺が駄々洩れしている自身の声音に、ハヤブサはさらに焦った。

（あっ、しまった！　必死な感じで否定しないほうがよかったかもっ。ど、どどどうしようっ！　こ、これじゃ、俺への疑いがさらに深まってしまう……！）

そう思えば思うほど、ハヤブサの額からぶわっと汗がにじみ出した。

頬の火照《ほて》る感触は強まるばかり。

ハヤブサ自身ですら、自らの振る舞いの不審さに自覚があった。

(もう、ダメだ……こんなあっけなく、バレちゃうなんて……)

好戦魔導士一族であることも、いずれ暴かれる。そうなれば退学待ったなしだ。五年かけて何度も叩《たた》きのめされ、その度に立ち上がり、やっとここまで来たのに。

憧《あこが》れの学校生活を始められたのに。

それが全部、パーになってしまう。

ハヤブサが頭を抱えてうつむくと、ひとしきり笑ったシュヴァルベが咳《せき》払いした。

「チャイカ、よくみろ。ハヤブサのこの取り乱した様子を」

「……むむぅ」

チャイカが唸《うな》りながら腕組みするなり、シュヴァルベが落ち着き払って続けた。

「『頭巾の君』がこんなオドオドしているわけないだろう? 緊迫した事件現場で的確に行動して人質となっていたミーティア様を救い出し、雷騎士団が束になって挑もうとしていた凶悪な四本角の魔人を、たった一人であっさり倒してしまうような英雄だぞ。果断にして豪気、不動にして颯爽《さっそう》。その活躍は雷光、その名声は雷鳴のごとく。それが『頭巾の君』だ」

「……たしかに……」

「そんな人物が、歴史の授業中に木像を壊しただけで顔を青ざめさせると思うか？」

「むむ、そういわれると……」

シュヴァルベの整然とした口ぶりに、チャイカは眉間《みけん》の皺《しわ》を寄せながらも頷《うなず》いている。

ハヤブサはもじもじとした。

颯爽だの不動だの、果断だの豪気だの、シュヴァルベに面と向かって『頭巾の君』をそう評されると、その正体としてなんだか無性に気恥ずかしかった。

そんなハヤブサをじっと見つめていたチャイカが、すっと眉間の皺を解いた。

「うん。どう考えても、ハヤっちではないなぁ」

チャイカは光の速さで真実に近づき、同じくらいの速さで遠ざかっていった。

ハヤブサはきょとんとした。

（あ、あれ？　疑いが晴れた。なんで？　……ま、いっか。晴れたんだから）

とりあえず学生という身分は守られたようだ。

それが重要だ。

「そうだ、ハヤブサ。新聞部の活動、試しに手伝ってみないか？　今みたいな感じで、興味ある出来事についてあれやこれやと話し合いながら、取材をして学校新聞を作るんだ」

シュヴァルベのいきなりの提案に、ハヤブサはまごついた。シュヴァルベもチャイカもいい人だ。それに、お試し、らしい。なにより誘ってくれた。嬉しすぎる。二つ返事でうなずいたっていいはずなのに、少しだけ、得体のしれない嫌な予感がした。

けれど結局、嬉しさがすべてを押し流した。

「いいんですか?」

「ああ。部員は俺とチャイカだけだからな。キッカもどうだ?」

シュヴァルベがさらに誘うと、キッカが頷《うなず》いた。

「ハヤブサくん一人だとちょっと不安だから、つきそうよ」

「やったやった! キッちゃんも釣れたよっ。ナイス、べーやん!」

チャイカが満面の笑みでぴょんぴょんと跳びはねている。

シュヴァルベは幾分か冷静なようで「まだ釣れてないぞ、チャイカ。撒き餌に寄ってきてくれただけだ。針にかけるのはこれからだ」とあけすけに答えている。

「今月の一面は、そうだな……『頭巾の君の正体について!』ってのはどうだ?」

「おお、べーやん。いいね、いいね」

「ハヤブサも、気になるだろう? 頭巾の君の正体」

シュヴァルベにそう言われても、ハヤブサはこくこくと頷くので精一杯だ。

さっき少しだけしていた嫌な予感の正体にハヤブサは気付いたが、時すでに遅い。転がり出した事態に巻き込まれたのはわかるが、どうしようもなかった。

チャイカがハヤブサの手をがしっと握り、ぶんぶんと上下に振ってくる。

「仮入部、ありがとね！　んで、よろしく。いやあ、あたしゃうれしいよ。正体不明の英雄を追う！　なーんてさ、なんかいいよね！　盗み食い事件じゃないけどさ、ひよっこ探偵オスカーの真似してるみたいで、わくわくするね、ハヤっち」

「そ、そうですね」

「あたしたちで、頭巾の君の正体、摑んじゃおう！　やるぞぉ、おー！」

「お、おー……！」

チャイカにならって拳《こぶし》を突きあげつつも、ハヤブサは背中の汗が止まらなかった。

あれよあれよという間に、なんだか奇妙なことをする羽目になった。暴かれては一番困る自分の正体を自分で探るとは、これいかに。これが音に聞く『自分探し』というやつなのか。

だとすれば、探せば探すほど困るに違いない。

（これから、どうしよう……？）

ハヤブサが途方に暮れていると、クラスメイト達がぞろぞろと席を立ち始めた。一時間目はアルコールに関する実験室での授業だ。「いこう、ハヤブサくん」とキッカに促され、ハヤブサも席を立った。実験室へと向かう道すがら、ふと人気《ひとけ》のない通路に差し掛かると、キッカがぴたりと歩みを止めた。キッカが自身の胸に手を添え、壁に手をついている。呼吸がやや荒い。ずっと息を止めてここまで歩いてきたような、緊張感の残滓《ざんし》がそこに見えた。

（キッカさん？）

どうしたのだろう。

体調でも悪いのだろうか。医務室はどこだったかと、ハヤブサは慌てた。

「……や、やばかったね、ハヤブサくん……」

キッカにそう言われても、ハヤブサはぴんとこなかった。

何についての話をキッカがしようとしているのか。

「シュヴァルベくんが頭いいのは知ってたけど、チャイカの勘の良さには心臓が止まるかと」

キッカが胸を手で押さえ、額をハンカチで拭《ぬぐ》っている。

（……え？　キッカさん、あんな平然としてたのに、内心、バクバクだったの……？）

ハヤブサはキッカをしげしげと見た。

キッカが内心焦っていたなんて、ちっとも感じられなかった。見事だった。あのシュヴァルベ相手に、ハヤブサが怪しまれないようにと上手に立ち回ってくれていた。

ハヤブサにはそう見えていたが、キッカはキッカで大変だったらしい。

（困ったことになっちゃったな）

ハヤブサは口元に力がこもった。

（まさか、自分で自分の正体を探る手伝いをすることになるなんて……新聞部への手伝いは断ったほうがよかったかも……でもでも、シュヴァルベさんもチャイカさんも、すごくいい人たちだし、せっかく俺に声をかけてきてくれたんだし……でももし、正体がバレたら……）

すべてがご破算だ。

また王の要請がやってきたら、また十分間だけ魔導士になり、また頭巾の君にならないといけない。出向いた先の現場にまた念写新聞の記者がいようものなら、また新聞の見出しになりかねない。そしてシュヴァルベとチャイカの頭巾の君への注目度が上がってしまう。

（どうか、なにごとも起こりませんように……世界が平和でありますように）

予鈴の鐘の音にあわせ、ハヤブサは祈った。

祈りは、二時間目の終わりまでばっちりと効果があった。

（三時間目は美術室……遅れないように、忘れ物しないように、っと）

「ハヤブサくん、風が鳴った」

教室を出るなりキッカが窓を見ながら告げた一言に、ハヤブサはぴたりと足を止めた。

風が鳴った。事前に取り決めておいた、符丁の一つだ。

王の要請だ。

ペンタグラム大陸のどこかでまた何かが起き、風の君がハヤブサを必要としている。

（今日もきた）

奇しくも、昨日と同じ二時間目終わりだ。

ハヤブサはすっと肝が据わった。

こないでほしかったけれど、きてしまったのならやるしかない。

頻度が高すぎる気もするが、やってみせる。そういう条件だ。王の要請に応じて、魔王復活を目論《もくろ》む悪党どもを薙《な》ぎ倒す。それがハヤブサの学生という身分の代償だ。

ハヤブサは頷《うなず》き、キッカの背中に続いた。

キッカが当然のように鍵を開けて準備室へと入り、ハヤブサを招いて部屋を施錠した。どうやらキッカはさまざまな部屋のマスターキーを持っているようだ。その時間、使われることがない部屋を把握しているようだ。この準備室は、教材置き場のようだった。

鍵のかかった薬品棚の横に、生物標本が並んでいる。土の国の美しい螺鈿《らでん》蝶や友禅甲虫の昆虫標本から、氷の国の雪獣の頭骨、火の国の飛龍の顎《あご》の骨、水の国の宝石貝の貝殻まである。教材置き場でもあるが先生のコレクション置き場でもあるのではないか。

ハヤブサはふとそんな気がした。

キッカが印相を作ると、香水を吹きかけるまでもなく風の君の声が鮮明に聞こえた。

「シルフよりオスカーへ。雷の国の議事堂立てこもり事件の調査結果から、魔人の議事堂侵入を影ながらバックアップしたものが、水の国の政府高官マーズであると判明した。マーズの捕縛を要請する。マーズは今、水の国で客船邸宅に立て籠っている」

「魔人が高官に化けていたのですか？」

「いや、マーズは〈再びの魔光〉の信奉者らしい」

水の国の高官マーズは人間でありながら〈再びの魔光〉に心酔する悪の手先らしい。

魔人ですら、元々は人間だ。人間の中にも魔王の信奉者はいる。ペンタグラム大陸六国のいずれの国でも、魔王信仰や復活への協力は禁忌中の禁忌とされている。

「マーズは書術士だ。魔導書を触媒に、時間魔法を操る。時を止めることで、バルクラアドの議事堂内部へと血厭《ちいと》いの魔人を手引きしたものと思われる。あの事件の時、マーズは水の国の高官として、雷の国の議事堂での式典に出席していた」

（水の国の高官？　……あの事件現場に、いた……？）

ハヤブサは思い出せなかった。

いろんな国の政府関係者がいたのは見かけたが、いちいち覚えてはいなかった。

だが、ハヤブサの横にいたキッカは違ったらしい。

「マーズというのは、耳まで伸びる口ひげの人ですか？」

「そうだ。〈風の耳目〉の調査結果を、水の君へと伝えたまではよかったのだが……水の君がマーズの捕縛を命じたが、そこで事態が拗れた」

風の君はさらに簡潔に事態を説明した。

魔導書を触媒にして時間すら止める書術士・高官マーズは、水の国の国家憲兵を返り討ちにするほどの使い手で、自らが所有する客船邸宅へと立て籠っているらしい。

水の国ティアレイクの王から風の国ウィルブリーゼの王へと支援要請が入ったのだ。

「立て籠っているのなら、袋のネズミなのではないですか？」

ハヤブサは首を傾げた。

わざわざ自分を現場に急行させずとも、解決可能な問題のようにも思える。だが、ハヤブサが思うほど単純な事態ではなかったらしい。

風の君が重々しく口を開いた。

「マーズの立て籠っている客船邸宅は、航行能力がある。マーズは涙の湖を渡り、海へ出ようとしているそうだ。別の国の領海に入れば、水の国の管轄ではなくなってしまう。事態が外に漏《も》れる前にマーズをとらえ、事実関係の確認や、状況の悪化を防ぎたいのだ」

記念式典中の雷の国の議事堂を襲撃して立て籠った『血厭《ちいと》いの魔人』、その手引きをしたのが式典の現場にいた水の国の政府高官であるマーズ。

これが本当なら、さらなる状況の悪化が容易に予測される。

ただでさえ、水源地である水の国と乾燥地である雷の国は、仲があまり良くない。もともと一つの国だったのが分裂して両国となった歴史的経緯を持ち、そのときの騒動が第二次八つ裂き戦争を引き起こしたきっかけでもあった。水の国ティアレイクと雷の国バルクラアドはしばしば、堰《せき》の建設や水門の放水量を巡って軍事衝突を起こしてもいる。

国際問題に発展しかねない案件だ。水の君はマーズの身柄を確保したいのだろう。水の君が風の君に助力をお願いしたのも、マーズを生かしたまま捕らえたいからだろう。水の君としては、配下の水騎士団を動かすなどして、大ごとにもしたくないのだろう。

大人数を動かせば、必ず外に漏れ出てしまう。

内々で済むなら、済ませたい問題のはずだ。

ハヤブサにお呼びがかかったのは、水の君が風の君を頼ったからであり、それは雷の国での『頭巾の君』の活躍が見込まれてのことだろう。

（さくっとやってさくっと帰ろう、うん）

ハヤブサは頷《うなず》いた。

「シルフ、マーズの船の座標を」

「いきなり乗り込むのは危険だ、オスカー。まず、ネ二十とともにティアレイクの国家憲兵隊の警備艇の上へと向かってくれ。座標を送る」

読み上げられる数字と単位を聞くだけで、ハヤブサは頭の中に叩《たた》き込んである地図で明確にイメージできた。涙の湖の北東、海へと続く大急流地帯の手前だ。

伝えられた標高も、ハヤブサが知っているその地点の地図上の標高と同じだった。

ただ、今回リクエストされた移動先は警備艇の上だ。

刻々と動いている。

（ちょっと上めに跳ぼう。濡れたくないし）

そう算段してハヤブサは顔を布で覆い、自身の胸に右手を添えた。

すると、頭巾姿のキッカが少し屈んで肩を差し出してきた。ハヤブサの左手が置きやすいようにと気を遣ってくれたらしい。ハヤブサとしては助かる。誰かを連れて長距離の瞬間移動をする時はその誰かと触れ合ってさえいれば精度を高められるので握手でも構わないのだが、火の国の文化圏では握手というのは一般的ではない。キッカと手を握るのはまだ気恥ずかしい。その程度のことを恥ずかしがっているとキッカに悟られるのも恥ずかしい。

だから『縮地魔法はこういうものだ』という顔をしておこうと、ハヤブサは思った。

「では、いきますね。ネ二十」

「はい、オスカー」

キッカがこくりと頷《うなず》くのを見て取り、ハヤブサは右手を胸にくっと押し付けた。

空間を圧縮して二地点間の距離を限りなく近づけ、そこを渡る。地を縮めることから縮地魔法と呼ばれている。熟達できさえすれば、空間圧縮による吸引力と復元力すら利用し、爆発的な運動エネルギーを生じさせて攻撃手段として扱うこともできる魔法だ。

ふわりとしたかと思えば、もう水面から四百メートル上空だった。

(あ、上めに跳ぶこと、キッカさんに言い忘れた)

ハヤブサは気付いたが、もう後の祭りだ。

準備室の床はない。重力はこらえようもなく、服ははためき、風を切る音は騒がしい。ハヤブサはキッカの肩を引き寄せて、真っ逆さまに落下した。

見渡す限り水面が広がっている。

魚の鱗《うろこ》のようにきらきらと照り返すさざ波の下、底知れぬ深みの青さと、浅瀬の砂の白さや岩場の黒っぽい質感、藻類や水草の緑が透き通っていた。

国土の大部分が淡水湖であり、都や町や村の多くが水上につくられているのが、水の国ティアレイクだ。ペンタグラム大陸の水源地であり、魔王によって深き水底へと追いやられた巨人たちの涙が湖を育んでいるのだという、巨人信仰の聖地でもある。

キッカが悲鳴を上げて、ハヤブサの身体にしがみ付いてきた。

ハヤブサにとっては想定内の自由落下だったが、キッカに事前に伝えるのをうかっと忘れていた。申し訳ないなとハヤブサは思いつつも、キッカにはこらえてもらうしかない。警備艇は動いている。伝えられた座標に瞬間移動したら、次の瞬間、水にドボンだ。

ハヤブサは慣れているが、キッカが溺れかねない。

これでもハヤブサとしては気を使ったほうだ。

大型船を取り囲むようにして、つかず離れずの位置に小型の船が数隻並走している。マーズの立て籠っている客船邸宅と、それを見張る水の国の国家憲兵隊の警備艇だろう。

（あの船だ。あそこにいこう）

ハヤブサは眼下の警備艇に狙いを定めた。

水面めがけて勢いよく落下しつつ周囲を把握し、落下の運動エネルギーだけをごそっと水底へ転移させると同時に、ハヤブサは船の上にたんっと着地した。ベッドから床に降りる程度の軽い衝撃だったが、キッカが「ふみゅ!?」と変な声を出した。目や肌で感じた落下速度と着地の衝撃に大きなズレがあり、混乱したのだろう。ハヤブサも縮地魔法の修練を始めたての頃はそうだった。キッカの反応は縮地魔法に対して初々しいだけだ。

降り立ったのは、水の国の警備艇の一つだ。

船首に大型弩砲《どほう》が設置されている。

ハヤブサが上空で見た限り、掲げている旗印の立派さから指揮官が乗っているはずだ。警備艇には帆もなにもない。船尾の水面が独りでにうねり、常に警備艇を前進させ続けている。マーズの客船邸宅も同じ原理で動いていた。精霊を用いた操船術だ。

「ほんとにきた。『頭巾の君』だ」

「あれが、あの……?」

「新聞に載ってた通りだ」

警備艇の甲板にいる憲兵たちは驚きつつも、ハヤブサの出現に混乱はしていなかった。風の君から水の君を通し、現場のほうにちゃんと連絡がいっているようだ。

「指揮官は誰ですか?」

「私だ」

ハヤブサの問いに手を挙げたのは、初老の男性だった。この警備艇の一団を率いている、憲兵隊長だろう。他の憲兵とは違い、将校用の煌《きら》びやかなマントをつけている。

ハヤブサは客船邸宅を見やった。

大型の船だ。全長二百メートルはあろうか。三階建ての家屋よりもずっと高い。これを個人所有しているとは、マーズはなかなかの資産家のようだ。地位も名誉もありながら、魔人にどう唆されてこのようなことになったのか。

などということに、ハヤブサは何の興味もなかった。

「マーズの籠る船について教えてください」

ハヤブサの関心は一つ。休み時間が終わる前にマーズをひっ捕らえることのみだ。

「やつの客船邸宅には罠が張り巡らされている」

「あの船の船内図はありますか?」

「あるが、役に立たなかった。あの船には、内部構造が変化する術がかけられている。ヤツがあの船のどこに潜んでいるのかわからない。……犠牲を払った情報だ」

憲兵隊長は客船邸宅と並走するほかの警備艇を見やりながら言った。歴戦の皺《しわ》が刻まれた、いぶし銀の横顔は苦々しい。配下の隊員がすでに返り討ちにあったようだ。

ハヤブサは頷《うなず》いた。

「わかりました。なら、構造変化より早く、しらみつぶしにいきます」

罠を食らおうが強行突破して全部屋を巡れば、どこかにマーズはいる。縮地魔法を駆使して瞬間移動を繰り返せばあっという間だ。罠を食らうより早く次の部屋へ移動すればいい。

マーズを仕留めるまでに、死ななければハヤブサの勝ちだ。

勝てる。ハヤブサはそう踏んでいた。

「オスカー！」

ハヤブサは船の縁に足をかけていたが、キッカの呼びかけで思いとどまった。「戦い方を変えないと、普通になれない」とキッカに言われたばかりだ。

この状況で真正面からいくのは、たぶん普通ではない。

ハヤブサはキッカへ頷《うなず》いてみせ、船の縁にかけていた足を下ろした。

（どうしようか……？）

普通の人間は、なるべく傷つかないような戦い方を考えるらしい。

（罠が張り巡らされた客船邸宅の中で待ち構えているマーズ相手に、反撃をまったく受けることなく戦うには、どうすればいい？　マーズの位置を特定するにはどうやる？）

なにぶん、今までやったことのない戦い方だ。

近づいて必殺の一撃を見舞う。

それが好戦魔導士の基礎にして神髄《しんずい》だ。対竜戦闘を磨きぬいてきた好戦魔導士一族には『竜と知恵比べをするな』『竜相手に持久戦をするな』『まず必殺の一撃を叩《たた》きこめ』という教えがある。人間よりずっと長命で賢い竜の、その硬い鱗《うろこ》を打ち抜くには接近あるのみだった。

魔法の威力は近づけば近づくほど飛躍的に増す。

それが、今回は近づけない。ハヤブサの腕や足が千切《ちぎ》れるような戦い方はダメだ。

（どうやったら、罠にかからずに、マーズを見つけて捕まえられる？）

ハヤブサは自問し、自問した瞬間に気付いた。

（ああ、そっか。なにもこっちがあっちへ行くことないんだ）

それはハヤブサとしてはごく自然な思考の流れだった。

（マーズにあの船から、でてきてもらえばいいんだ）

猫が野ネズミを狩る時、歴戦の猫ほど野ネズミを追いかけたりしない。巣穴の前で気配を殺して待ち構え、野ネズミが自ら出てくるところを狙うものだ。

だが歴戦の猫とは違い、今のハヤブサには時間の余裕がない。次の授業までに、学校に戻りたいのだ。一刻も早く、野ネズミには巣穴から出てきてもらう必要がある。

（作り出そう）

ハヤブサはそう思った。

野ネズミが巣穴から飛び出さざるを得ない状況を、作り出してしまえばいい。そんな状況を作り出すためには、どうすればいいのか。

ハヤブサは閃いた。

次々と閃いた。

いくらでもやり方が思いついた中で、もっとも普通そうな方法を選んだ。

ハヤブサのその思考は一瞬だ。時間にして一秒もない。

そこから行動に移すまでの時間を含めても、一秒に満たなかった。

ハヤブサは左手の人差し指をくいっと曲げて大岩を引き寄せ、右手の人差し指をぴんっと弾いて大岩を客船邸宅の真上へと送った。あとはそれの繰り返しだ。火牛より数倍でかい大岩だったが、瞬間移動させるなどハヤブサにとっては朝飯前だった。

詠唱も魔法陣も呪符も杖も魔導書も、必要ない。

それらは余計な道具だ。

好戦魔導士にとって、魔法は身体操作の一部だ。

上空から大岩の雨を降らせて客船邸宅をボッコボコにし、高官マーズを慌てふためかせて客船邸宅から追い出す。ハヤブサのイメージは簡潔だった。手ごろな大岩は、幸い浅瀬付近を航行していたおかげで、透き通る水面下にごろごろと転がっていた。

ハヤブサの両の人差し指が動くたび、一拍遅れて、けたたましい音が響いた。

ハヤブサは縮地魔法一本に絞り、磨きをかけてきた。

水底の大岩を客船邸宅の上に移動させれば、後は重力と質量が仕事をしてくれる。それを繰り返しているだけで、ハヤブサのイメージ通りに事は進む。

(岩って便利だよなぁ。拾って落とすだけで、船、ぶっ壊せるんだもん)

岩の衝突音と客船邸宅が変形していく異音が響き渡る中、ハヤブサは呑気《のんき》にそう思った。

そう思うなり、岩がぴたりと動きを止めた。

空中の一点でぴたりと岩が静止している。ハヤブサがより上空に岩を送っても、最初は勢いよく落下するものの船へと迫るなり、次々とぴたっとその動きを止めてしまう。

（あ、岩、止められちゃった）

ハヤブサは目をぱちぱちとさせた。

マーズというのは、相当の使い手らしい。たしか『書術士』だったか。魔導書を触媒にして時間魔法を操るのは、情報通りだ。と、ハヤブサはマーズの技量に感心した。

時間魔法は習得難度が高い。

砂時計の砂一粒を止められるようになるだけでも十年かかる、と言われる複雑な魔法だ。

『労多くして益少なし』

魔法の体系化に尽力した大杖術士イシャク・ラタ・モスカは生前、そう評している。学ぶ苦労の多大さを考えると、すごい魔法ではあるが、あまり役に立たない。それが時間魔法だ。

役に立つ時間魔法を扱えているマーズは、書術士として超一流だ。

客船邸宅中央の煙突近くの屋根上に、人影が見えた。分厚い本を片手でひろげ、ページがぱらぱらと独りでにめくられている。書術士の詠唱スタイルだ。

書術士は老人だ。耳までピンと伸びる口ひげがある。水の国の高官であるマーズだ。

「ふははは っ、ムダムダぁ！　時を止める我が力の前では、無力よ！」

マーズの声は誇らしげだった。

よほど書術士としての自負があるのだろう。時を止める力は確かに強い。

だが、ハヤブサは見逃さなかった。客船邸宅を動かしていた波のうねりまでが、ぴたりと止まっていることを。ハヤブサやキッカや警備艇は、止められていないことを。

(時を止められる範囲と精度に、限りがある)

それを嗅《か》ぎ取るなり、ハヤブサの決断は一択だった。

(数で押し切ろう)

ハヤブサは両の人差し指の動きに、中指も加えた。

単純な話、これで降らせる岩の量は二倍だ。

客船邸宅の上空で静止する岩が次々と増えていく。

マーズのそれは魔導書を触媒にして時間を止める魔法のようだが、止められる質量には限界があるに決まっている。ハヤブサはそれを熟知していた。なにせ、縮地魔法も時間魔法も分類上は『時空魔法』の一種だ。空間や時間に対して作用する魔法であり、系統として非常に近い。大質量に対して『時空魔法』を作用させつづけることは、熟練者であっても容易ではない。

ハヤブサの読み通り、空中で止まった大岩が徐々に動き始めていた。

(あ、いけるな、コレ。いっぱいあるのが、岩のいいところだ)

ハヤブサは両の薬指と小指も動きに加え、降らせる岩をさらに倍に増やした。

岩、マシマシだ。

世の中にはいろんな正義がある。物量もその一つだ。正義というのは、概して強い。よって便利だ。そして全く容赦がない。ハヤブサはそれを知っていた。

その効果は、奇妙な音となって現れた。

時を止める能力の限界を超えたのだろうか、ぎちぎちに積み上がった岩と岩が自重で擦れ合い、ごろごろと雷雲じみた不気味な音を発している。

そんな岩の雷雲から、水滴交じりの砂がぱらぱらと客船邸宅へと降り注いでいた。

頭上に目が釘付けとなったマーズの困惑は、言うまでもない。

「ちょっ、え？　おい、多すぎるだろ、岩！　岩、そんな、岩、やめんかぁあああ！」

（あ、船が跡形もなくなる。大波が起こる）

ハヤブサは気付いた。

キッカごと水の国の警備艇まで巻き込まれてしまう。味方に迷惑がかかる。そもそも、風の君の要請はマーズの捕縛だ。このままではマーズまで跡形もなくなってしまう。

（それは困る）

ハヤブサは左手でがばっと掴む仕草をし、右手でぱんっと左手の甲を叩《たた》いた。

それだけで、岩の雷雲は忽然《こつぜん》と消え去った。海中へと全部戻したのだ。

「ふう……あぶないあぶない」

ハヤブサは額の汗を拭《ぬぐ》った。

あやうく大惨事だ。大惨事になったら、『普通』ではなくなってしまう。キッカから「普通になりたいなら、戦い方から変えていこうよ」と言われたばかりなのだ。

（こっちにきてもらおう、うん。そのほうが手っ取り早い）

ハヤブサは左手をすっと客船邸宅のほうへと差し出し、手の平を上に向けた。右手はするりと振り上げて大上段に構え、身体の力をほどよく抜いた。

客船邸宅の屋根にマーズの姿は視認できている。

たとえ抵抗されようとも、目視状態でのハヤブサの引き寄せの精度は誤差一ミリ以下だ。波の上を滑る警備艇がもっと揺れていたとしても、ものともしない。

マーズが手を振り回してぷんすかと顔を赤らめていた。

「出てこい！　どこのどいつだっ、ワシの船にむちゃくちゃしてるのは！」

ハヤブサは中指と薬指と小指をぴたりとつけてマーズを指し、人差し指でマーズの魔導書を狙った。そして優しく招くように、左手の指四本をくいっとした。

「俺です」

ハヤブサのその返答をマーズに聞く余裕が果たしてあったかどうか。

なにせ、彼我の距離はもう一メートルもなかった。

呆気にとられるマーズとキッカと国家憲兵たちを尻目に、ハヤブサは引き寄せるついでに奪い取った分厚い魔導書を右手で掴み、高官マーズの脳天めがけて振り下ろしていた。

あっというまの決着だった。

力加減は完璧だ。マーズの頭蓋骨《ずがいこつ》から聞こえてくる音の美しさでわかる。

客船邸宅にこもっていたマーズを外へと引きずり出し、警備艇の甲板へと引き寄せて、魔導書を奪い取って書術を封じ、頭にがつんと食らわせて仕留める。

巣穴の前で待ち構えて野ネズミを狩る猫に近い、熟達した動きだった。

ハヤブサは手にした分厚い魔導書をまじまじと見た。

手に馴染む魔導書の感触は、なかなか良い。強すぎず、弱すぎず、いい感じにマーズの意識を刈り取る一撃を放てた。なかなか、しっくりくる殴り心地だ。

（魔導書って、分厚いほうが便利なんだなぁ）

ハヤブサはしみじみとそう思った。

魔人の脳天をかち割るのには不向きだが、人間を昏倒させるのに魔導書の重量は最適だ。金銀をあしらった竜皮のハードカバーだったのも、よいポイントだ。マーズの魔導書の装丁はなかなかにデザインが良い。参考になる。装丁家の名前を聞いておきたいくらいだ。

役に立つことをまた一つ学べた。

（お、いいかんじだ！　無傷で、客船にも入らず、マーズを捕らえたぞ）

ハヤブサは指折り数えた。キッカの言っていた条件をすべて満たしている。

つまり、これが『普通』ということだ。

この戦い方は、すごく平凡だったに違いない。

（やった！　キッカさんに言われた通りにしたら、ものすごく上手くやれた！）

存外やればできるものだ、『普通』というのは。とりあえずやってみる、ということの大切さといったらない。危うく、変な苦手意識が芽生えてしまうところだった。

ハヤブサはなんだか自信がわいてきた。

「どうです！　この戦い方、普通ですよね⁉」

ハヤブサはほくほくの笑みでキッカへと振り返った。

キッカも国家憲兵隊員もドン引きしていた。みんなハヤブサと目が合うなり、気まずそうに目を逸らすか、頭巾の君の発言の意図がわからないと目が泳いでいた。

（こういうことじゃなかったんだ……）

ハヤブサは困惑した。

ではどうすればよかったのか。

間違ったのは間違いない。どこがどう間違ったのか、それが分からない。ハヤブサが額の脂汗をぎこちなく拭《ぬぐ》っていると、キッカが国家憲兵にマーズの捕縛を促した。

国家憲兵たちはマーズよりもハヤブサに対しておっかなびっくりしつつ、ハヤブサの足元に転がっているマーズの手足に手錠をかちゃりとはめている。国家憲兵たちが脈を確かめて倒れ伏したマーズの頬を叩《たた》くと、「むぅ……」と唸《うな》りながらマーズが目を覚ました。

どうやら国家憲兵たちもキッカも、マーズがハヤブサに撲殺されたと思っていたらしい。

キッカが胸を撫《な》でおろしている。

「や、やりすぎた感はあるけど、高官は、ちゃんと捕まえたから」

ハヤブサの頑張りを認めようとしたのか、キッカが声を絞り出していた。

「これでマーズから〈再びの魔光〉について聞き出せるかもしれないし。どうして雷の国の議事堂を狙ったのか、とか。ミーティア様を人質にしたのは計画の上だったのか、とか」

キッカの取り繕う口調がむしろ、ハヤブサに自らの失点の根深さを突きつけてきた。

（ば、挽回しないと……！）

ハヤブサは失点を取り戻そうとして、「吐け、マーズ。〈再びの魔光〉の企みはなんだ？」とドスの効いた声で縮地魔法を仕掛けた。マーズを頭上高く瞬間移動させ、船の甲板に激突する寸前に再び頭上に移動させるのだ。それを延々と繰り返す。『無限落下』、ハヤブサがそう銘打っている、得意の拷問だ。マーズの口を割らせれば、大失点を帳消しにできるはずだ。

『無限落下』に屈さなかった悪党をハヤブサは今のところ見たことがない。

マーズの悲鳴を聞いていればわかる。あと十秒であらいざらい話し始めるヤツの悲鳴だ。〈再びの魔光〉についてはもちろん、魔導書の装丁家の名前もついでに聞いておこう。

ハヤブサがふと窺うと、キッカの顔がさらに曇っていた。

（あ、これも違うっぽい）

ハヤブサは無限落下するマーズの足を摑み止めた。

気まずかった。

失点に失点を重ねているのだけは、キッカの顔色からひしひしと伝わってきた。

ハヤブサは露見してしまったイタズラの痕跡《こんせき》でも隠すような見苦しさで、白目をむいて泡を吹くマーズの身体を、自身の背中側へと隠し持とうとあがいた。ハヤブサの小柄な体にぐったりとしているマーズの身体が隠せるはずもないというのに。

（……ん？）

ハヤブサは首の後ろがじりじりとして、いち早く客船邸宅を鋭く見やった。

良くない気配がする。

マーズよりずっと禍々《まがまが》しい何かが、まだあの船にいる。

戦士の感覚が嗅《か》ぎつけた通り、客船邸宅を覆い隠さんばかりに霧があふれ出した。あふれ出た霧が客船邸宅と警備艇の中間へと、どんどん凝縮されて黒さを増していく。霧が集い黒みを増すほど、ごろごろと瞬く電光がその太さを増していく。

虚空に浮かぶは、小さな黒雲だ。直径にすれば十メートルほどか。

（……くる）

ハヤブサは直感するなり、右の人差し指でくるりと円を描いた。

黒雲がばちっと光り雷鳴が轟《とどろ》くも、放たれた雷撃は放った黒雲を撃ち抜いていた。縮地魔法による反射だ。警備艇に被害がないことを、ハヤブサはちらと確認した。

黒雲がかき消えている。

漆黒の法衣をはためかせた魔人が客船邸宅を背にし、空中に立っていた。浮いている、と評するにはあまりにも微動だにしていない。見えない大地の上にでも立っているかのようだ。魔人の古びた法衣が風に煽られるたび、その異質さが際立った。古びた法衣であるのに、金糸の刺繡《ししゅう》の七宝紋だけが新品のようにきらきらと輝いている。

顔や手や足の肌は土気色で、雷の国で会った血厭《ちいと》いの魔人よりも一回り大きいだろうか。

魔人の暗い眼窩《がんか》には眼球がない。吸い込まれそうな闇が二つあるだけ。

魔人は裸足だった。高位の魔人の特徴の一つだ。高位の魔人は常に魔王をその心の中心に描き、いかなる時も魔王の御前にいるときの礼節を欠かさない。

(六本角の魔人だ)

ハヤブサは角の数を瞬時に数えていた。

頭部に巻き付くように生えた六本角は、荊《いばら》の冠のようだ。極めて危険な魔人の証拠だ。

(二本、角を折った痕跡がある……八本角だった？)

魔人の角は折れても再生する。誉れの角という、魔王から授かった魔人の誇りだ。それが折れたままということは、魔王に折られたか自ら折るという決断を下したか、そのどちらかだ。

ハヤブサがふと見ると、キッカや国家憲兵たちの顔に緊張が走っていた。

客船邸宅と並走していた警備艇はすでに、魔人を中心に旋回している。

水の国の国家憲兵たちはクロスボウや弓を手にし、船に取り付けられた大型弩砲《どほう》の射手を掩《えん》護《ご》しようとしていた。キッカが通信符へと魔人の角の数やその特徴を伝えている。

魔人の風格からして、〈再びの魔光〉の幹部だろうか。

「マーズを引き渡せ、岩の主よ」

（いわの、ぬし……？）

ハヤブサは小首を傾げたが、六本角の魔人は迷わずハヤブサを指さしている。武器を構える国家憲兵たちなど眼中にない、とばかりに魔人の眼窩《がんか》はハヤブサを捉えていた。

（俺のこと？）

『キ四十三』『オスカー』『頭巾の君』ときて、今度は『岩の主』。

本名を隠して活動する弊害そのものだと、ハヤブサは思った。いろいろと呼び名が多い。その内、覚えきれなくなりそうだ。

「これは最後の警告だ。マーズを引き渡せ。そもそも岩の主と言われても、しっくりこない。オレは心を読める。お前に勝ち目はない」

六本角の魔人は強者の風格を漂わせていた。

放つ言葉の一つ一つにすら、妙な重みがある魔人だ。国家憲兵たちは魔人の気配に飲まれて気配が禍々《まがまが》しい。

しまい、構えるだけで一矢も放てていない。恐ろしいとわかっていながら目を逸らせずにじっと見てしまい、より身動きがつかなくなっているようだ。

圧倒的な声と存在感。歴戦の魔人に違いない。

ハヤブサはちらりと懐中時計に目を落とした。次の授業は移動教室だ。移動時間を考えて遅れないように余裕をもって行動するには、三分前には帰りたい。

(なんか強そうな魔人だなぁ)

どうやってぶっ倒すのが最適か、ハヤブサは即座にはじき出した。

歴戦の魔人ですら想像もしないような一手がいい。想像外の一撃がもっとも効果的だ。歴戦の魔人を仕留めるには、魔人の想像の外側から殴るような鮮烈な一撃必殺が要る。

(あ、いいこと思いついた)

ハヤブサは自身のまばたきよりも素早く着想を得て、ぽんっと手を叩《たた》いた。

それは、どんな魔人でも一撃必殺にできる着想だった。

ハヤブサの心を読んだのだろう、六本角の魔人の血相が変わった。

「いやお前、あたまおかしいのかっ!?　オレを倒せても、そんなことしたら水の国がなくなっちまうだろうがっ!　何考えてんだっ、常識ないのか!?」

土気色だった肌に生気を蘇らせ、六本角の魔人は声を荒らげた。

非常識の塊みたいな反社会的活動をしている魔人に常識を指摘され、ハヤブサは「す、すみません」と思わず謝ってしまった。なにせ、魔人の言うことにも一理あるような気もした。

（たしかになぁ……）

ティアレイクの国土を地殻ごとすっぽり魔人の頭上へと移動させれば、落下する地殻とマントルで六本角の魔人を挟み込み、確実に圧殺できるだろう。ただその結果として、水の国の国土全体に落下の衝撃が走り、地は揺れ、波はうねり、国中が大混乱になってしまう。

一撃必殺の代償としては高すぎる。

（それは、よくない）

ハヤブサは「じゃあ、こんな感じでどうでしょうか？　常識的ですか？」と頭の中で、六本角の魔人をぶっ倒す方法を想像した。心を読めるらしい魔人相手だから助かるなぁ、とハヤブサは思った。想像しただけで伝わるなんて便利だ。

言葉にする手間や言葉の齟齬《そご》が省ける。

ハヤブサがちらりと様子をうかがうと、六本角の魔人が顔を青ざめさせていた。

「お、おまえ……そんなこと、よく思いつけるな……？」

（あ、これも違うんだ。ならこれは？）

ハヤブサはイメージの数で勝負することにした。まばたき一つの間に、戦い方はいくらでも思いつく。アイデアはわいて出てくる。本をパラパラとめくるより簡単だ。

アイデアなら無限に出せる。どれを選んで実行するか、それだけだ。

いつもなら選ぶことすらしない。直感でイメージを実行する。すると竜や魔人は砕け散る。

だがハヤブサは「まとも」になると決めたのだ。キッカの手前、下手は打てない。

さっき、しでかしたばっかりなのだ。

ハヤブサは魔人の顔色を窺った。

魔人の顔色から違うと察するなり、ハヤブサはまた次の想像をめぐらした。次、その次、そのまた次と、途切れることなく次々と。魔人をぶっ倒すイメージの多様性は重要だ。

イメージの多様性に関して、ハヤブサは自信があった。

次々と発想していけば、どれか一つくらい、魔人も納得してくれる「魔人をぶっとばす普通のイメージ」が紛れているだろう。数さえ打てばいつかは当たる。

ところが、ハヤブサが次々と頭の中で考え出す戦法の数が百八つを超えたあたりから、心を読めるらしい魔人は顔面蒼白《そうはく》になり、脱兎《だつと》のごとく逃げ始めた。

（あ、あれ……？）

取り残されたハヤブサは首を傾げた。

（もしかして、魔人にまで、ドン引きされちゃったんじゃ……？）

遠ざかっていく魔人の背中を前にハヤブサが落ち込んでいると、風の君の声がした。

「オスカー、追撃だ！」

風の君はいつになく色めき立っていた。

「その六本角の魔人は『えぐり目の魔人』に違いないっ。奴は〈再びの魔光〉の首領だ。かの秘密結社の命脈を、ここで断つのだ！」

キッカの通信符を介して状況を見守っていた風の君が、えぐり目の魔人を倒し〈再びの魔光〉を壊滅する絶好の好機だと、勇ましい声で追撃を指示した。

（えぐり目の、魔人……って、あの？）

ハヤブサはその名に、ぴんときた。

聞いたことがある。たしか、第一次八つ裂き戦争にその名が出てくる魔人だ。魔王のもたらす愛のすべてを見ようとして自らの眼球では見えないことに気付き、両眼をえぐり出すことで見えるようになった、と。その信仰の熱烈さで八本角の魔人となったが、封印から逃れるために誉れの角をもぎ取り、六本角へ自ら墜ちたと伝わっている。

有名な魔人だ。討ち取れば、その名誉は計り知れない。

「無理です、シルフ」

ハヤブサは即答した。

取り出した懐中時計に目を落としていたハヤブサは、交渉の余地なく続けた。

「もうすぐ授業が始まるので」

ハヤブサがそう言った途端、通信符の向こう側がぴたっと止まったような気配がした。

マーズの仕業か。とハヤブサは思って睨《にら》みつけるも、マーズは絶賛気絶中だった。

「……うむ？　まだ七分……あと三分は、戦ってもらわないと、困る、のだが……」

啞然《あぜん》としていた風の君が絞り出した声はぎこちない。

そんな風の君を尻目に、ハヤブサは迷いなく応じた。

「いえ、次の時間は移動教室なので、早めに切り上げないと授業に遅れます。あと三分しかありません。ということなので帰ります。では、マーズの身柄を含め、あとはお願いします」

「あ、ちょ、ちょっとオスカ――」

ハヤブサは水の国の国家憲兵船隊に高官マーズを引き渡し、目を白黒させるキッカの肩に左手で触れると、右手を自身の胸に当てて瞬間移動した。

あっという間もない。

水の国の警備艇の上から、すでに風の国の準備室だ。土の国の螺鈿《らでん》蝶や友禅甲虫の昆虫標本も、水の国の宝石貝の貝殻も、氷の国の雪獣の頭骨も、火の国の飛龍の顎《あご》の骨も、何の変わりもない。薬品棚にかけられた鍵の厳重さはもちろん、棚の上の薄埃《うすぼこり》までさっきと同じだ。

ここは王立王都第一高等学校の校舎だ。

ハヤブサの感覚的には完璧な瞬間移動だ。狙った通り、寸分の誤差もない。高低差の調節も完璧だ。準備室の床に足裏が接触する、髪の毛一本ほどの感触が完璧さを物語っていた。

キッカが準備室をきょろきょろと見回し「あっ、え!?　戻ってる……」と困惑している。

「は、ハヤブサくん!?　か、帰っちゃうのは、ちょっと……」

「……ダメ、なんですか？」

「え？」

キッカが目をまん丸くしている。ハヤブサは自身の判断がキッカを困惑させるほど良くないものだったとは思えず、確認するような慎重さで言葉を選んだ。

「王の要請には、ちゃんと応じました。マーズは捕らえました。六本角の出現は予想外でしたけど、追っ払いはしたのでマーズの身柄は水の国に引き渡せました」

「……そ、そうだね」

「俺が学業を最優先にしたいことも、前もって風の君には伝えています」

「う、うん……」

「……それでも、帰るのは、ダメ、だったんでしょうか……？」

「う、うーんっと……」

板挟みになったのか、キッカがちらちらと左手の通信符とハヤブサを気遣っていた。

通信符の向こう側の音声が、ハヤブサにも聞こえてくる。風の君やら〈風の耳目〉の局長やらがドタバタとてんやわんやで「至急、他の者を現場に向かわせろ！」だの「〈再びの魔光〉壊滅の好機を逃すなっ」だのと、大わらわになっていた。

とはいえ、だ。

やれと言われたことはちゃんと果たしたのだから、帰るか帰らないかはハヤブサに選択の自由があるはずだ。と、ハヤブサはキッカに目で訴えた。

「うん、まあ、途中で帰っちゃったのは、もう、仕方ない。それよりも……」

キッカは取り直したように、とても真剣な顔をした。

「マーズを拷問したのは、ダメ。あれは、よくない」

「ほ、本当のことをしゃべらせるには、あれが一番、手っ取り早いんですよ、キッカさん」

「怖がらせれば相手が本当のことを言うのかな？　私は違うと思う。怖い相手の望む答えを出すだけ。とても真実を引き出すためのよい方法だって思えない。相手から本当のことを引き出すのって、そんなに簡単にさくさくできることかな？」

「で、でもですね、本当のことを話すこともあります。そもそもですよ、キッカさん、あの高官は魔王復活を目論《もくろ》む悪人です。魔人を手引きして、雷の国のお姫様を危うく殺しかけたんです。すっごく悪いやつなんです。ひどい目にあって当然の人間です」

「でも無抵抗だった」

キッカの切り返しに、ハヤブサはうっと詰まった。

「ひどい目にあう人を増やしていくことではなくて、一人でも減らしていくことこそが、私たちの仕事の大切な役目のはずでしょう？　拷問をすればするほど、ひどい目にあう人を減らすどころか、増やしていく一方なんじゃないかな？」

キッカの問いかけに、ハヤブサは俯いた。

「……そ、その通りです」

ハヤブサは考えて、はっとした。

(こういうことなんだ。まともな感性って)

こういう考え方を身に着けることが、まともになることへの第一歩なのだ。

ハヤブサは自らの未熟さを痛感しながら三時間目の授業を受けた。水の国での一件が秘密裏に処理され、三時間目、四時間目と何事もなく過ぎ、昼休みになった。

チャイカとシュヴァルベに誘われて、キッカと共にハヤブサは学生食堂へと踏み入った。

(やっぱり本当に実在してるんだ、学生食堂って……)

ハヤブサはしみじみとそう思った。

昨日も目を丸くしたが、ハヤブサは今日も目を丸くしてきょろきょろと見回した。

ひよっこ探偵オスカーで出てくるシーンそのものだ。細長い机が沢山あって、ご飯を食べながら学生たちがわきあいあいとしている。食べている料理の種類はもちろん、食前食後のお祈りの仕方まで千差万別だ。小説のシーンとは、鳥類か人類かの違いしかない。

食堂の黒板ボードにはメニューと、使われている食材がリストアップされていた。信仰上や健康上の理由から、食べてはいけないものがある学生への配慮らしい。シュヴァルベとチャイカが「これ、美味しいよ」と頼んだ煮込み料理を、ハヤブサも頼んだ。

氷の国の、深紅の煮込み料理だ。酸味とコクのある真っ白なクリームと、刻んだハーブがスープを彩っている。付け合わせの揚げパンの香ばしさが、すきっ腹にはたまらない。

チャイカやシュヴァルべと向かい合い、キッカと席を並べてご飯を食べていることに、ハヤブサはじんとした。他愛もない話の一つ一つに相槌《あいづち》を打つだけで楽しい。周囲からざわざわと聞こえてくる学生たちの話し声のすべてが、心地よい。

（……俺、すごいことしてる……学生食堂で、クラスメイトと、ご飯食べてる……）

昨日は夢見心地であっという間に終わってしまった。

何を食べたのかもよく覚えていない。

今日は今日で、なんだか昨日と同じようにあっというまに終わってしまいそうだ。

「ちょっと静かに！」

鋭い声が食堂に響き、ハヤブサは食堂の隅っこを見やった。

隅っこのテーブルに腰掛けていた二年の男子生徒が、昼飯にも手を付けずに手首に通信符を貼りつけて印相を作っている。誰かと通話しているのだろうか。

通信符を扱うには専門の知識と技能、そして道具を揃《そろ》える資金力が必要だ。ハヤブサが見てとる限り、この二年の男子学生は趣味で通信符術を身に着けているようだった。

二年の男子生徒のクラスメイトだろうか、呆れたように手をぱたぱたとふっている。

「またやってんのか。もういいって。どこそこの水道管が破裂しただとか、ボヤ騒ぎがあったとか、ランドヨットが事故ったとか、そんなのばっかだろ。この前もお前――」

「いや、なんか……水の国と雷の国が、まずいことになりかけてるらしい」

通話しているのではなく、傍受しているらしい二年の男子生徒の口ぶりは真剣だった。

「まずいこと?」

「ミーティア王女が人質にされる事件、昨日あったろ? あれに水の国の高官マー……マーズ? ってやつが噛《か》んでたらしい。身柄の引き渡しがどうのこうのって、かなり揉めてるらしいぞ。水の君がマーズの身柄引き渡しを拒んでて、雷の君がかなり怒ってるんだってさ」

「……それ、どこの精霊通信を盗み聞いてんだ?」

「新聞社のやつ」

二年の男子生徒は眉間《みけん》に皺《しわ》をよせ、難しそうに唸《うな》りながら、二度三度と印相を作り直している。そうして、机に開いた手帳へと、鉛筆でなにやら書きこんでいた。

通信傍受に手こずりながらも、しかし聞き取っているようだ。

食堂にいた生徒たちの雑談が続々と止まっていき、いったい何事なのかと興味をそそられたのか、印相を作っている二年の男子生徒をわらわらと取り巻き始めていた。片隅の人だかりがさらに食堂の生徒たちの興味を引き、どんどんと隅っこに人が寄っている。

「……うそだろ……」

印相を作っている男子生徒がそう言うなり、目を見開いてぴたりと動きを止めた。

「どうした?」

「……水の国との国境に雷の国が軍勢を派遣したとかなんとかって……」

印相を作っている男子生徒は半信半疑の口振りだったが、ざわざわとしていた他の生徒たちがぴたりと無駄口を止めた。今朝のニュースを知らない生徒はいない。

「え？」

「ほんと？」

「それ、まずくない？」

動揺があっというまに食堂中に広まっていく様子が、学生たちの顔色でよく見えた。

「しないよね？　戦争、になったり、しないよね……？」

「……どうだろう……」

「なんでそんな情報が洩れてるんだ？　おかしくないか？」

「それも魔人の仕業かな？」

「どうだろう？」

「それ、ほんとなんだろうな？　違うんじゃないか？」

半信半疑の者がほとんどだったが、不安そうに顔を曇らせている学生も少なからずいた。ハヤブサがふと見やると、シュヴァルべとチャイカの顔が曇っていた。

雷の国と水の国は、それぞれの母国だ。

ハヤブサへと積極的に話しかけてきてくれたり教科書を見せてくれたり先生の叱責から庇《かば》っ

てくれたりと、編入初日からハヤブサに何かと世話を焼いてくれた、二人だ。

ハヤブサが憧《あこが》れている留学生の二人が、ぴりついている。

顔をこわばらせるシュヴァルベの横で、チャイカが動揺していた。

「うそ、だよね？　あんなの、さ」

「……いや、どうだろう。ありえる話だ」

シュヴァルベが深刻そうに答えると、チャイカは目を大きく見開いた。

「な、なんで、そんな、悪い人の引き渡しがどうのこうので、戦争になんなきゃいけないの？

雷の君は何考えてんのさ。おかしいよ、だって、悪いのはマーズなんでしょう？」

「マーズが政府高官で、マーズの引き渡しを拒んでいるのが水の君だからだ」

「で、でもさ」

「チャイカ、議事堂立てこもり事件の真犯人だぞ」

「みんな無事だった事件でしょ」

「頭巾の君がいればこそ、だ。無事だったのも結果論でしかない。ミーティア様が危うく死にかけた事件だ。マーズが事件を手引きしていたなら、雷の国に引き渡すのが道理だ」

「水の君は気のいい人なんだってば……雷の君は疑い深すぎるよ」

チャイカとシュヴァルベの声が徐々に熱と棘を帯びていく。

それが、ハヤブサは怖かった。

「やましいことがないなら、高官の身柄だろうと引き渡せるはずだ。なぜ引き渡さない？　なぜ、こそこそとする？　雷の君が疑って当然だ」

「そ、それは……」

「バルクラアドの議事堂が魔人に占拠されるという大事件の、その共謀犯の身柄を求めるのは当然じゃないか。あやうく、雷の君が自分の娘を犠牲にする決断をしなくてはいけなかったんだぞ。潔白を示す責任は水の君にあるはずだ」

「潔白って……水の君がマーズに指示したっての？」

「そうでないことを示せと、雷の君は求めてるんだ」

「ちょっと待ってよ、ありえないって、そんなの。水の君はそんな人じゃない！」

「雷の君とて、そう信じたいとは思っているだろう。だがっ、ことがことだ。マーズの身柄引き渡しをはぐらかすなら、いい加減な王だと判断せざるを得ない」

シュヴァルベの口調が冷たさを増した途端、チャイカが机をばんっと叩《たた》いて立ち上がった。

「そんなことない！　水の君の水舞いを見ればわかる。水底で涙の床につく巨人様に捧げる踊りなんだけど、すっごく綺麗な踊りなの。見てるだけで、胸の奥がわーってなって、うーってなって、ほんっとすごいんだから。あんな風に舞える人が、いい加減なわけない！」

「踊りでなにがわかるんだ」

「わかるってば！　心が出るんだよ、精霊のうねりが波にでるの」

チャイカの興奮した眼差《まなざ》しを受けて、シュヴァルベもすっくと立ちあがった。

「なら、その心って奴を雷の君にも見せてくれたらいいじゃないか」

「そ、それは……」

「第五水門の再建工事の時だってそうだった。雷の国の民が干ばつに苦しんでいたのに、巨人様に捧げる祭りの最中だからなんだと、工期を遅らせて……」

「すっごく大切なお祭りなの、それ」

「こっちは水不足で、みんなひどい目にあったんだぞ」

シュヴァルベが苦々しそうに続けた。

「水に困らない国の人間はこれだから……」

「なにさ、その言い方！」

チャイカの目がきっとつり上がった。

「ありすぎて困ってるんだよ、こっちだって。ないならないで困るし、あり過ぎたらありすぎたで困るし、巨人様や精霊のご機嫌をとって、いい感じにするの、ほんと大変なんだから！」

チャイカとシュヴァルベが、無言で睨《にら》み合い始めた。

剣呑だ。

二人のあまりの激しさに、他のクラスメイト達が困惑している。

（シュヴァルベさんと、チャイカさんが……）

仲良しだった二人が、〈再びの魔光〉のせいで喧嘩《けんか》している。二人で新聞部を立ち上げて、登校初日からハヤブサに優しくしてくれ、新聞部の活動に誘ってくれた二人なのに。

ひよっこ探偵オスカーが大好きな者同士なのに。

ついさっきまで、他愛もない話で笑いあえていたのに。

（どうしよう、どうしよう……）

ハヤブサはあたふたした。

好戦魔導士一族における喧嘩の仲裁方法は、使えないし使ってはダメだ。双子のシーとミュウの喧嘩を止めた時のキッカをふと思い出して、ハヤブサはチャイカとシュヴァルベの間にぱっと体を割り入れはしたものの、なんと声をかければいいのか。ハヤブサは、どうすればいいのかと二人の間でおろおろとするばかりだった。

するとキッカがチャイカの肩にさっと手を触れた。

「チャイカ、落ち着こう」

キッカの声は穏やかだ。

「水の君のこと、チャイカは大切なんだよね。憧《あこが》れてる人のこと悪く言われたら、そりゃ悔しいよね。でもさ、シュヴァルべくんの言い方はよくなかったかもしれないけれど、水の君が雷の君にちゃんと誠意を見せなきゃダメな一件なのは、間違いないし。二人の話が色んな方向に転がって、こんがらがっちゃってる。こういう時はいったん、落ち着こう。ね？」

キッカはそう言うなり、シュヴァルベにも穏やかな眼差《まなざ》しを向けた。

「シュヴァルベくんもさ、らしくないよ?」

キッカの口ぶりはチャイカへ向けたものと同じくらい冷静だった。

「マーズは水の国の秘密にしたい情報も全部知ってるかもしれない。たとえば、魔王の身体の場所とかさ。水の君がマーズの身柄引き渡しを拒んでいるのは、ちゃんと責任をもって調べたいからって面もあるんじゃないかな。そもそもさ、この話だって精霊通信を盗み聞いただけで本当なのかどうか、まだわからないじゃない。……らしくないよ、シュヴァルベくん」

キッカのとりなしのおかげか、チャイカもシュヴァルベも幾分かは冷静さを取り戻せたようだ。けれど、二人とも互いに視線をあわせようとはしなかった。

「悪いな、ハヤブサ。部活動の件、しばらくは無理そうだ」

シュヴァルベが短く断りを入れるなり、食堂からすたすたと出ていった。

キッカが引き続きなだめているが、椅子に座ったチャイカはむすっとしていた。

新聞部の記事にするため頭巾の君の正体を探る約束だったが、活動は見送りのようだ。新聞部の正式な部員は、シュヴァルベとチャイカの二人だけだと言っていた。

頭のいいシュヴァルベと妙に勘の鋭いチャイカの、頭巾の君への追及が緩む。

(助かった……けど、よくない……)

ハヤブサはそう思った。

シュヴァルベとチャイカが喧嘩《けんか》しているくらいなら、たとえハヤブサの正体が露見するリスクを抱えていようと、二人と一緒に頭巾の君の正体に迫っているほうがずっとマシだ。

（そのほうが、ずっといい）

そもそも、これは〈再びの魔光〉のせいなのだ。

魔王復活を目論《もくろ》む秘密結社〈再びの魔光〉、その首領であるえぐり目の魔人が引き起こしたことだ。国同士を仲違いさせて、人々を不信感で煽りその関係を引き裂いて弱体化させる。魔王復活を目論むあの六本角の魔人の、思い描く通りになってしまっている。

ハヤブサは、なんだか胸の奥がむかむかとした。

（こんなことになるなら、あの六本角にきっちりトドメ刺しとくんだった）

途中で帰ったのは、よくなかったかもしれない。

ハヤブサはそう感じた。

仕事に対してきっちりしすぎていたせいで、六本角の魔人を追撃せずに学校に帰ってきたのは、よくないことだった。ハヤブサはぐっと口元を引き結んだ。

2

(ハヤブサくん、落ち込んでる……?)

キッカはふとノートに走らせていたペンを止めた。

五時間目の授業を受けているハヤブサの様子は、どこか暗い。黒板に書かれた幾何学模様の魔法陣と数式の難しさ故ではないようだ。

ハヤブサが何か思い詰めているらしい。

おそらく、昼休みの一件だ。チャイカとシュヴァルベに関してのことだろう。

(休み時間になったら、聞いてみよう)

学校生活でのハヤブサの不安に対処するのもキッカの役目だ。

キッカが再びペンを走らせようとするなり、ポケットに忍ばせてある通信符が震えた。王からの要請だ。まだ授業中だ。キッカはびくっと肩が跳ねそうになった。

(また? 今日、二回目……)

折よく、五時間目の終わりを告げるチャイムが鳴っている。

一日で王の要請が二度もあるとは。

かなりよくない事態がどこかで起きた。

そのどこかは、水の国と雷の国ではないか。昼休みの学生食堂での一件がキッカの脳裏をよぎった。新聞社の精霊通信を盗み聞いていた二年の男子生徒が、不穏なことを言っていた。

あれが、誤報ではなかったのだとしたら?

キッカはごくりと喉《のど》を鳴らした。

「ハヤブサくん。また風が鳴ったよ。屋上の旗が揺れてる」

キッカはさっと席から立ってハヤブサに歩み寄ると、窓を見ながらぽつりとそう言った。王の要請を知らせる、符丁だ。キッカの合言葉に対して、ハヤブサが「そうですか……」と頷《うなず》いている。キッカが教室を出て階段を上がると、すぐさまハヤブサが追い付いてきた。

二人して屋上へ出ると、人影はない。冷たい冬の風のおかげだろう。無施錠だった屋上扉をキッカは施錠した。屋上扉への鍵は校長先生の許可を得て複製済みだ。

これで他の生徒に会話を聞かれる可能性は限りなくゼロだ。キッカは左手の内側に通信符を貼りつけ、印相をあやつってハヤブサにも聞こえるように調整した。屋外の雑音の中で人の声だけを拾えるようにと、キッカは通信符の操作に集中した。

「シルフよりオスカーへ、聞こえるか?」

「はい」

風の君の声に、ハヤブサが答えている。

音質がよい。

見えも聞こえもしない精霊の、そのご機嫌は上々のようだ。キッカは左手で印相を保持しつつ、片膝を立ててしゃがむと、右手で手帳を開いて太ももに乗せた。

「雷の国が国境線の山地に兵士を集結させ、水の国もそれに応じた。その規模が膨らみつつある。オスカーには、水の国と雷の国の国境付近にある、双方の補給基地を機能不全にしてもらいたい。外交決着までの時間を稼ぎ、武力衝突を回避するための方策だ」

風の君がぞっとするほど淡々としている。

キッカはメモを取りながら、胸がきゅっと締め付けられたように痛んだ。

「この事態には〈再びの魔光〉が関わっていると〈風の耳目〉は見ている。緊張状態にある両軍の間で、魔人が何らかの動きを画策しているはずだ」

（……この状況を引き起こしたのって、もしかして、水の国で会ったあの魔人……？）

えぐり目の魔人の姿がキッカの脳裏をよぎった。

このタイミングといい、おそらく風の君もそう見ているのだろう。

雷の国と水の国の、二国間だけの問題ではない。

魔王復活の前には必ず、国同士での大規模な戦争があったらしい。国家間の不信感を増大させ、仲違いさせ、連携する力が削がれる。魔王復活の予兆とされるものだ。

復活した魔王の身体の一部位は、封印されている他の部位めがけて直進する性質がある。魔王の完全復活を補助しようと各国から魔人が集結し、魔王の身体の部位を封印しようとする六国の軍勢と衝突し、八つ裂き戦争と呼ばれる大戦になる。各国間の連係が上手くいかないと三つ四つと魔王の身体の復活を許してしまい、被害がより甚大なものになっていくのだ。

国家同士の武力衝突が激しくなるのは、魔人の思う壺だ。

　風の国は大陸中央という地理的状況から、八つ裂き戦争の被害をもっとも受けやすい。第二次八つ裂き戦争では、戦災復興に百五十年かかるほどの戦禍が生じたと伝わっている。

「補給基地が機能不全になれば、たとえ現地の指揮官が火蓋を切ったとしても、武力衝突が最小で済む。人の血が流れるほど事態の早期収拾が難しくなる事態だ。オスカーには基地の人員への一切の攻撃を禁じる。そのうえで、双方の補給線を寸断してもらいたい。狙って欲しいのは、補給基地にある物資だ。水、食料、衣服、武器防具、矢玉、医薬品の類いだ」

　風の君の言わんとすることを、キッカは読み取った。

〈飲んだり食べたりしないと、戦えない。戦っても、戦い続けられない。戦い続けられない状況を作り出して、雷の国と水の国の双方の指揮官に暴発を思いとどまらせるんだ。たとえ〈再びの魔光〉の暗躍があったとしても、激化を防げるように〉

　補給基地の物資が底を突けば、両国とも、国境付近に大規模な部隊を展開することすら叶わない。風の君が両国に対して働きかける時間が稼げるはずだ。

　風の君のこの要請は、えぐり目の魔人の一手を挫《くじ》くためのものだ。

　雷の国の議事堂でミーティア王女が人質となった件も、水の国の高官であるマーズが国外逃亡しようとした件も、えぐり目の魔人が裏で糸を引いていたのだろう。もしミーティア王女が死亡していたならば、マーズが国外逃亡していたなら、そう考えてキッカは背筋が凍った。

　少なくとも、今よりずっと悪い事態が起きていただろう。

この程度で済んでいるのは、風の君とハヤブサと〈風の耳目〉のおかげなのだ。そして今、この程度で済むか済まなくなるかの、その瀬戸際にキッカとハヤブサはいるのだ。

ただ、キッカはこう思わずにはいられなかった。

(両国の補給線の寸断なんて、休み時間の十分でできることじゃないよね……?)

「……キッカさん」

「どうしたの、ハヤブサくん?」

キッカはぎょっとして、通信符の感度を下げた。

ハヤブサの口調がいつになく重々しい。通信符の向こう側に聞こえては困る話をしようとしているのではないかと、キッカには思えた。この王の要請はさすがに荷が重いのかとキッカが注意深く顔色をうかがうと、ハヤブサが思いつめたように口を開いた。

「もし雷の国と水の国がこのまま衝突したら、シュヴァルベさんとチャイカさんって、もっともっと、気まずい感じになっちゃいますよね?」

「う、うん」

「仲直り、できなくなっちゃうかもしれませんよね?」

ハヤブサの問いに、キッカは胸がずきりとした。

そんなことないよ、と言うべきなのに言い切れない。シュヴァルベもチャイカも、キッカが今まで見たことがないような剣幕だった。水の国と雷の国は元々一つの国で、分裂騒動がきっかけで第二次八つ裂き戦争が発生したという歴史すらある。国同士の軍事衝突がどれほどの禍根を残し、両国の民にどれほど深い亀裂を走らせるのか、想像に難くない。

「……そう、なるかもしれない……」

キッカが重々しく頷《うなず》くと、ハヤブサの目つきが精悍《せいかん》なものになった。

その目に宿るは、好戦魔導士の決意の光か。

キッカは思わずぞくっとした。あどけなく愛らしい顔をしているはずのハヤブサから、やるべきことを粛々とこなしていく洗練された狩人のような気品が漂ってくる。

思い詰めていたような面影は、もうない。

キッカは自分の弱気が恥ずかしくなった。よくない想像にキッカは俯いてしまったのに、ハヤブサは顔をあげて抗《あらが》おうとしている。

「オスカーからシルフへ」

そう言うハヤブサの目はいつになく真剣で、その声は凛々《りり》しかった。

「補給基地の座標を教えてください」

「座標を送る。計二つだ。いずれもラストワンマイルを担う基地――最前線の部隊に物資を運ぶための基地だ。水の国に一つ、雷の国に一つ」

風の君はそう告げ、一呼吸おいて念を押した。

「かなりの規模の補給基地だ。オスカー、やれるか？」

「できます」

ハヤブサは即答した。

やります、ではない。できます、とハヤブサは言った。可能か不可能かで判断しているプロフェッショナルの声だと、キッカには思えた。

キッカが要請内容の要点を手帳に記すと、風の君が通信を切った。

「ハヤブサくん、どうするの？」

「二つの基地を別のところに移します。主要道路や運河から外れたところへ。物が運びにくくなるような場所へ、根こそぎ移動させてしまえばいいんです」

ハヤブサがあっさりそう言った。

ハヤブサがあっさり言い過ぎたからか、キッカは言葉の意味を理解しかねた。

「えっと……ね、ねこそぎ……？」

「はい。根こそぎ」

「根こそぎっていうのは、つまり、どういうことなの？」

キッカの問いかけに、ハヤブサが困ったように目を瞬かせた。

どうすれば話が通じるのだろうという苦慮がありありと見て取れるぎこちなさで、ハヤブサが右手と左手でそれぞれ水でも掬《すく》うような仕草をし、腕を交差させた。

「えっと、こんな風に……基地が立ってる地面ごと、ぜんぶ、まるっとやっちゃいます」

「まるっと、やっちゃう……？」

「移動させる基地の地面と、移動させる先の地面とを、そっくり入れ替えるんです」

「は、はぁ……なる、ほど……？　いれ、かえる……？」

聞けば聞くほど、ハヤブサがなにをしようとしてるのか、キッカにはわからなくなった。

ハヤブサの言っていることが、ぱっと想像できない。

（……どういうこと？　基地を地面ごと、いれかえる？）

ハヤブサの口ぶりは、なんだか、お弁当のおかずの話でもしているかのようだ。

『お姉ちゃん、ミュウ、ポテトサラダもっとほしい。ピーマンいらない。とっかえてぇ』とピクニック中に妹に泣きつかれたことがあるが、つまり、そう言う感じなのだろうか？

お弁当のおかず感覚で補給基地の立地を移動させようというのか？　無理難題としか思えない王の要請に対して、雷精ピーマンと風精ポテト感覚だというのか？

（まさか……でもハヤブサくんなら、ありえるかも……）

キッカはおずおずとハヤブサに尋ねた。

「あの、私の頭の中では、今からハヤブサくんのやろうとしてることって、お弁当のおかずを交換するみたいなイメージなんだけど、私のこのイメージであってる？」

キッカが自信なくそう言うと、ハヤブサは勢いよくぽんっと手を叩《たた》いた。

「それです！　めちゃくちゃあってます！」

（……あってたんだ……）

正解できた喜びよりも、正解してしまった驚きのほうが強い。ハヤブサの発想がややわかるようになってきた、というのは果たして、自分の立場上よいことなのか悪いことなのか。キッカは気を取り直し、事前に聞いておかねばならない注意事項の確認を優先した。

「えっと、ハヤブサくん、それ、基地の人、怪我したりしないよね？」

「はい。基地の建ってる場所が変わるだけなので」

「元に戻したりも、できたりする？」

「もちろん。根こそぎとっかえるだけなので」

真っすぐな目で答えながらも、ハヤブサがやや不安そうな顔をした。キッカがこまかく確認を重ねるものだから、もっと別のアイデアのほうがよいのではと感じたのだろう。

「……もしかして、まるっとやっちゃうのは、ダメ、だったりしますか？」

ハヤブサの問いに、キッカは力強い目できっぱりと首を横に振った。

「ううん。ダメじゃない。すごくいいと思う。やっちゃおう」

「はい！」

嬉しそうにハヤブサが右手を自身の胸に当てている。瞬間移動する時の仕草だ。物体やエネルギーを遠ざける時は右手を、引き寄せる時は左手を使うのがハヤブサの癖なのだろう。

「ハヤブサくん、頭巾、頭巾。ローブも脱いで」

キッカはそう指摘しつつ、脱いだ学徒ローブを屋上の手摺《てすり》に結び付け、顔を布で覆った。ハヤブサもぱぱっと身支度を整えて、『頭巾の君』へと早変わりしている。

キッカは少しかがんで自らの肩を差し出した。

誰かと一緒に瞬間移動する時、ハヤブサは左手で肩に触れたほうがやりやすいらしい。ハヤブサの迷いのない顔が物語っている。縮地魔法とはそういうものだ、と。

（ハヤブサくんならできそうだから、やってもらおう）

こと、こう言うことに関してハヤブサの発想力は頭抜けている。キッカの想像もしないような解決法をその場で編み出し、実行に移す力がハヤブサにはある。

ハヤブサの手のひらからキッカの肩へと伝わってくる温もりが、心強い。

キッカはとにかく実行あるのみだと腹をくくった。

周囲がふっと暗くなり、足裏にかすかな違和感が生じ、気づけば景色が一変していた。

縮地魔法だ。

瞬間移動の感覚だ。足元はさらさらの砂地で、日射が照り返ってくる。この乾燥した空気の砂っぽさは、間違いない。ここは雷の国バルクラアドだ。長距離の瞬間移動だというのに、縮地魔法につきものと言われている、眩暈《めまい》や頭痛や吐き気やだるさや息苦しさもない。

いつものように、キッカはぴんぴんしていた。

太陽の位置をキッカは確かめ、登り道が北東へのびていると推測した。山道の入り口だろう。国境線となっている山脈が、遠くのほうにうっすらと見えている。あの山脈の向こうにペンタグラム大陸の水源地である水の国があるはずだ。

キッカの横手に見えるのが、雷の国の補給基地だろう。日干し煉瓦《れんが》の壁で二キロほどの外周をぐるりと取り囲んである。空堀を活かした造りで、大きな門が二つある。基地の中には煉瓦造りの縦長の倉庫が何棟もあった。人の出入りが激しく、続々と物資が運び込まれている。

国境付近に展開する部隊へ届けるための物資だろう。

すでに基地の戦闘員は前線へと送ったのか、やや守りが手薄に見えた。商人の手も借りて、近隣から早急に物資をかき集めているのだろう。荷運び人夫や歩きの行商といった、兵士以外の姿が基地内部に目立っていて、なんだか市場のように活気づいている。

雷の君は本気だ。

ことと次第によっては、水の国と一戦交える覚悟だ。

監視塔があるものの、キッカは突っ立っていても怖くなかった。なにせ不自然ではない。頭は平織の布で覆っているが、日差し避けと砂避けが大切な雷の国では自然の装いだ。

「オスカ――」

とキッカは呼びかけようとして、ハヤブサがいないことに気付いた。どこにいったのかとキッカがきょろきょろしていると、目の前にぱっとハヤブサが現れた。

「いいところを見つけました。平坦で、人里離れた、山の上です」

ハヤブサの口ぶりからして、この基地の移転先を探してきたらしい。

ハヤブサが片膝をつき、地面に両手をぴたっとつけている。

「では、ネ二十。いきますね」

その口振りはいつものように平静としたものだ。心は熱く、頭は冷静に、ということなのだろう。ハヤブサの仕事ぶりは実にテキパキとしている。

キッカは「いこう」と頷《うなず》いた。

周囲の景色がひゅっと暗くなり、かと思うと目一杯に青空と山脈の稜線が広がった。キッカのすぐ横には、雷の国の補給基地がでんっと建ったままだ。

キッカは足元の地面を触ってみた。

砂っぽくて、あたたかい。

補給基地ごと、外周二キロの地面ごと、ハヤブサは瞬間移動させてしまったようだ。有言実行だ。人としてえらいことだ。ほんとうに、えらいことをしでかす人だ。

複雑な詠唱も魔法陣も触媒もなしに、いや仮にあったとしても、なぜこんなことができるのか。魔法の体系化に尽力した大杖術士イシャク・ラタ・モスカは終生「私を魔法使いなどと呼ばないでくれ。そう呼ばれるに相応しいのは、ウィザーズの者だけだ」と言って頑なだったそうだ。その気持ちが、通信符術士の端くれであるキッカにもちょっとわかる気がした。

キッカは肩をぶるっと震わせた。

寒い。

肺にくる空気がきんっとしている。頭巾で頭を覆っていても、キッカの耳に寒さが染み込んできた。冬のこの時期にうっすらとしか雪が積もっていないのが不思議なほどだ。

わっという人々の声が補給基地のいたるところから聞こえてくる。えらいこっちゃえらいこっちゃと、基地の人たちが慌てふためいているのだろう。

キッカは目をごしごしと擦った。耳回りもぐりぐりと手を当ててほぐした。そして、もう一度よく周りを見てみたが、十秒前に見たものと聞こえてくるものが何も違わない。

やはり現実らしい。

ハヤブサが手の砂をぱんぱんと払い、いつもどおり平気な顔をして突っ立っている。

「これで一つ目ですね。ネ二十はここにいてください。もう一つも持ってきます」

「え、あ、ちょ、オス――」

キッカの呼びかけも虚しく、ハヤブサが目の前から忽然《こつぜん》と姿を消した。家族ぐるみの付き合いをしているご近所さんから塩でも借りてくるような「持ってきます」だった。

『頭巾の君』の早業だ。

補給基地の門から人々がわらわらと出てきて、目を白黒させながら周囲の山々を見回している。誰も彼もが半信半疑といった顔をして、しきりに砂地の温かい地面と雪交じりの地面の境目を手で触って確かめている。キッカはその人ごみの中へと、しれっと紛れ込んだ。

こうして改めてハヤブサの縮地魔法を見ると、その凄まじさに現実感がなくなる。

キッカは落ち着こうと深呼吸した。

清々しい山の空気だ。空は抜けるように青い。

深い谷を挟んだ向こう側の山肌にも低木しか見当たらないのは、標高が高いからだろう。見渡すところに人家や家畜はおろか、おおよそ道らしきものすら見当たらない。

谷を隔てた向こう側が、おそらく水の国なのだろうか。

境界線はどこなのか。

それとも緩衝地帯として、どこの国の管理下にもないのだろうか。こういう山の領有権というのはどうなっているのだろう。後で調べようと、キッカはふと興味を持った。

ところどころに、青色の綺麗な花が咲いている。母やミュウが喜びそうな花だ。一輪くらい摘《つ》んで帰ってあげたいが、そんな呑気《のんき》なことをしている場合ではないだろう。

雷の補給基地の騒ぎはしばらく収まりそうにない。

キッカが山の稜線をぽつんと眺めていると、その一部に違和感が生じた。

深い谷を隔てた向こう側の山の稜線だ。地面がぽっかりとえぐれたかと思った、次の瞬間、でんっと補給基地が現れた。さっきとまったく同じ要領で、基地を移動させたのだろう。

音も震動もなにもない。

水の国の補給基地が瞬間移動してきたが、現実感が非常に乏しい。キッカは自身の頬を強めにぺしぺしと叩《たた》いた。そうでもしておかないと、これが現実の出来事で、王の要請の真っ最中だという自覚が消えてしまいそうだった。それくらい、中で基地移動を体験するのと、傍から見るのは、どっちも同じくらいシュールだ。だまし絵の世界に近い。

あっという間もない。

瞼《まぶた》を閉じて開けたら、景色が一変している。

見通しがよく無風であるおかげだろうか、水の国の補給基地からも人の声らしきものがわあわあと聞こえてくる。これも俗にいう、やまびこ、というやつなのだろうか。

つられたように、雷の国の補給基地の内外の騒ぎも大きくなった。

「な、なんだ!?」

「なんか現れたぞ!?」

「き、基地？　別の？　どこの？」

「どうなってんだ!?　なにがどうなってんだ、これ!?」

「ここはどこなんだ!?」

「前線に物資を届けないと！　味方が孤立しちまうっ」

「いや前線ってどっちだよ!?」

雷の国の補給基地の反応はおそらく、谷を隔てた水の国の補給基地の反応とおなじだろう。えらいこっちゃえらいこっちゃと騒ぐ人が、二倍に増えたことだけは確かだ。

現在地がどこなのかすら、誰も分かっていないだろう。

これで水の国と雷の国の国境に展開した両軍の補給線は機能不全だ。国境に送るはずの物資が補給基地ごと、山の頂へと移動してしまったのだから。

そしてたぶん、誰一人傷ついていない。

物資も基地も、損傷していない。

だがもう、国境の両軍はしばらく戦闘を継続できない。

ハヤブサ級の縮地魔法の使い手でもいない限り、この事態は打開できない。そしてそんな使い手が二人も三人もいるような軍隊ならば、補給基地や道路や運河などを整備しない。つまりハヤブサは風の君の要請を、これ以上ないほど見事に叶えたのだ。

二分もかかっていない。

いつもながら、いつも以上に、仕事が早すぎる。どういう天賦の才を持ち、どういう修練を積み、どんな精神があればこんなことができるのか。

(す、すごすぎる……ほんとに、まるっとやっちゃった……)

王の要請通りだ。

水と食い物なしには戦えない。雷の国と水の国の国境に展開する両軍ともに、身動きがつかなくなっただろう。風の君が両国を仲介する時間が稼げた。

大勢の命を救うことになる時間だ。

無益な流血を一滴でも少なくできるだろう。

困惑のあまり突っ立つばかりの人ごみの中、キッカの肩がつんつんと突つかれた。見れば、いつのまにやらハヤブサが傍らにしれっと立っている。

「どうでしょう？　こんな感じで、問題なかったですか？」

ハヤブサの確認に、キッカはこくこくと頷《うなず》いた。

キッカが「ばっちりだよ」と答えるなり、ハヤブサの目元に喜びが溢れている。こんなとてつもないことを二分でやってのけた好戦魔導士とは思えないほど、素直な笑みだ。

頭巾の君が堂々と突っ立っているというのに、誰も注目していない。砂避けのスカーフや頭巾を巻いている人が多いというのもあるが、皆、それどころではないからだろう。

ふと嗅《か》いだことのある香りがして、キッカは見回した。

（あれ……？）

人ごみの中にいる一人の女性に目が留まり、キッカは違和感を覚えた。身に着けている黒の長衣やヘッドスカーフにあしらわれた金糸の刺繡《ししゅう》の精巧さや、指にきらりと光る金の指輪や竜革と思《おぼ》しき小さなハンドバッグからして、歩きの行商ではない。そのたたずまいに軍関係者特有の堅苦しさがないことから、従軍商人ではあるはずだ。身なりの立派さと荷物の少なさからして、大店の主だろうか。女商人が手に印相を作り出している。

その女商人の手首にちらりと見えた通信符、キッカはそれに目が留まった。

（あの通信符、どこかで見たような……それに、精霊を呼ぶあの香り……）

キッカは思い出そうとして、思い出すまでもないことに気付いた。

（あっ！）

キッカは叫びそうになる口を両手で抑え、ぐっと息を飲み込んだ。

あの女商人の通信符は同じだ。水の国の政府高官であるマーズが使っていた通信符と同種のものだ。限られた政府要人にしか配られていない、長距離機密通信用の通信符だ。

商人が持つにしては分不相応な代物だ。

ハヤブサが首を傾げていた。

「どうしたんですか？」

「金の刺繍の黒のスカーフを被ってる商人っぽい女の人、わかる？」

「はい」

「あの人の通信符、あやしいの」

気取られないようにとキッカが女商人から視線を外して呟くと、ハヤブサもすっと視線を外して女商人へと背を向けた。しかしハヤブサはキッカのようにぴんときてはいないようだ。

女商人が印相を作り直しながら基地のゲートをくぐっている。

「あやしい？　そりゃ、一般の人は通信符なんて持ってませんけど、従軍商人だったら、それもあの人はそれなりに責任ある人っぽい格好ですし、持っているのは自然なんじゃ？」

「通信符にも色々あるの。形状とか書かれてある模様とか吹きかける香水の種類とか。あの人の持ってる通信符、長距離かつ秘匿性の相当高い通信を行う時につかうもので、限られた政府関係者にしか出回っていないはずなの。一介の商人が持っているには不自然なものなの」

キッカは堂々と歩きながらハヤブサと並んで基地のゲートを何食わぬ顔でくぐり、女商人を追った。一連の瞬間転移の騒ぎのおかげで、ゲートの警備は機能していない。女商人は倉庫の前で立ち止まり、誰かと精霊通信を行っているようだった。

「香りも、マーズが使っていたものと同じだった。水の国の高官と、雷の国の従軍商人が使っている通信符が、その香りまでぴったりと符合するのって、変なんだよ」

「……マーズが横流した通信符？　〈再びの魔光〉の関係者？」

「かもしれない。陛下がおっしゃってた。この事態の裏で〈再びの魔光〉が動いているって」

「従軍商人に紛れて、情報を抜いている？　あるいは、事態の悪化を画策している？」

ハヤブサの問いかけに、キッカは頷《うなず》いた。

もちろん勘違いの可能性もあるが、どうにもきな臭い。キッカはそんな気がした。

ハヤブサが女商人をもう一度見て、納得したように頷いている。

「たしかに、ネ二十。あの人、なんか嫌な感じがします」

「……嫌な、感じ？」

「はい。具体的にどうってことは言えないんですけど、なんかこう、あんまり近くにいて欲しくないなって感じがするんです、あの人。ネ二十の見立て、そう間違ってないです。なので俺、さくっとあいつに血反吐と真実をはかせてやりま――」

ハヤブサは従軍商人の口を割らせようと拷問でも仕掛けようとしたのか意気揚々と袖をまくり、キッカが眉をひそめるのを見て取って、慌ててまくった袖を元に戻した。

「――せん。嘘《うそ》です。しません、そんなこと、もう」

ハヤブサがぶんぶんと首を横に振っている。だいぶ怪しかったが、無抵抗の老人に無限落下の拷問を躊躇《ちゅうちょ》なく仕掛けた数時間前からすると、ハヤブサなりの前進だろう。

とはいえ、どうするのか？

キッカは悩んだ。

キッカは一計を案じ、顔を覆っていた頭巾をするすると解いた。基地内部なら素顔のほうがよいだろう。自らを囮《おとり》にして一芝居うち、あの女商人の正体をあぶり出すしかないだろう。

荒っぽいやり方は好ましくない。

あの女商人と〈再びの魔光〉が無関係である可能性も十二分にある。これが早とちりであったなら、それはそれで問題になるが、むしろそのほうがいい。

キッカはそう覚悟した。

「オスカー、誰にも気づかれないように、私の近くにいて欲しいんだけど。できる？」

「任せてください」

「あの女商人に揺さぶりかけてみるから。私が『助けて』って合図するまでじっとしてて」

キッカがそう頼むと、ハヤブサはこくりと頷《うなず》いてから声を穏やかにした。

「……大丈夫ですよ。指一本触れさせませんから」

ハヤブサのその言葉は心強い。なにせ、基地を丸々二つ瞬間移動させたばかりだ。

キッカはなんだか勇気がわいてきて、ふうっと息を吐いて歩き出した。

こそこそとは歩かない。私この基地で働いています、くらい堂々と歩くことをキッカは心掛けた。心臓はバクバクしていたが、キッカが紛れ込んでいても基地の人たちは不思議に思っていないようだ。倉庫への物資の運び込みなどで人の出入りが激しかったからだろう。

件の女商人はもう目と鼻の先だ。

精霊通信を終えたのか、竜革の小さなハンドバッグに通信符を仕舞っている。

女商人と目が合って、会釈しながらキッカは「私の早とちりだったかも」と感じた。対面してみると女商人は気さくな雰囲気で、その瞳《ひとみ》はとてもあたたかい。着ている服の高級感からして末端の商人ではないが、近所の綺麗で優しいお姉さん、といった柔らかさがある。

キッカは話しかけるのに何の気兼ねも感じなかった。

「すごいことになっていますね」

「ええ。幻術っぽいわね。水の国の仕業かしら。それにしては、向かいの稜線に現れた基地は水の国のものっぽいし、なにがどうなってるんだか。砂地と雪の境目は奇麗なもので、その感触まで本物みたいだし……どういう幻術で、どう解いたものやら……」

女商人は悩ましげに眉をくねらせている。

口振りからして、基地ごとまるっと瞬間移動させられたとは、考えていないらしい。それもしかたないだろう。なにせ震動ひとつなかったのだ。縮地魔法によって瞬間移動すると、眩暈《めまい》や吐き気や頭痛などの症状が襲ってくるという。それすらない。

幻を見せられている。そう考えるのは自然だろう。

「ところで、あなたは？」

どちら様かしらと、女商人に尋ねられてキッカは姿勢を正した。

「私、雷の君へ前線の様子を報告するようにと、ここへ派遣されているんです。物資がちゃんと集まっているのかどうか、横流しはないかどうか、と」

「それはご苦労様ね、お嬢さん。それで、私になんの御用かしら？」

「倉庫の中で、よろしいですか？」

「ええ、いいわよ。ここじゃ耳が多いし、寒いものね」

女商人に招かれてキッカは倉庫へと踏み入った。だだっ広い倉庫の中に、樽や木箱が積まれて並び、壁のようになって通路をなしている。軍事物資だろう。

人影はない。皆、まだ基地の外で雪景色にぽかんとしているのだろうか。

木箱で囲まれた温かい一角で女商人が立ち止まり、キッカは切り出した。

「ひとつ、貴女にお伺いしたいことがあるんです」

「なにかしら？」

「その通信符です。限られた政府関係者にしか出回っていないもののはず。従軍商人に出回っているとしたら、その出所を調べて、上に報告しないといけないんです」

キッカは女商人の目をじっと見た。

「……あなたは、どこでそんなものを？」

キッカがそう尋ねたとたん、優しそうだった女商人は眼光鋭く周囲を素早く見回した。

二人だけ。誰もいない。皆、基地の瞬間移転にてんやわんやとしているのだろう。外は騒がしく、少々の悲鳴が倉庫の中でしたところで、誰も気にならない。

山と積まれた木箱の影だ。

そのことを確認したのか、女商人はさっと懐から短刀を取り出した。

白刃をきらめかせながら女商人が逃げ道を塞《ふさ》ぎ、キッカへとにじり寄ってくる。その表情には先ほどの優しく人当たりのよさそうな面影などなく、冷徹で無機質だった。

女商人のその眼差《まなざ》しはどこか、魔人に通ずるものがある。

おそろしい。

殺される。

キッカは息を飲んでずり下がった。ハヤブサに「助けて」と合図を送る手はずだったのに、その言葉が喉《のど》に引っかかりでもしたように出てこない。

殺意の呪縛だ。

これが殺意を向けられることなのだと、キッカは驚いた。自分の身体が自分のものではないようで、声一つ上手く発することができないなんて。

キッカが袋小路の木箱に背中を押し付けると、女商人が哀れむように微笑《ほほえ》んだ。

「勘のいい小娘ね。長生きできたものを」

「勘のわるい悪党ですね。シャバの空気を吸えたものを」

高く積まれた木箱の上からドスの効いた声がして、女商人がぎょっとして見上げている。

頭巾を纏《まと》ったハヤブサが音もなく仁王立ちしていた。

「ず、頭巾野郎か⁉」

女商人は仰天しつつも、すぐさま身構えた。その反応からして魔人の関係者であることは間違いない。キッカがそう見るなり、女商人が脱兎《だっと》のごとく背を見せた。

かと思いきや、女商人が盛大にすっ転んだ。

ハヤブサの仕業だ。

いつのまにか女商人の足に鎖帷子《くさりかたびら》が巻き付いている。鎖帷子はこの倉庫の品だろうか。女商人はすぐさま、落とした手帳を拾いつつ起き上がって走り出そうとして、またがくんっと足をとられて転倒した。脚に絡みつく鎖帷子が三つ五つと幾重にも増えていき、女商人が抜け出そうと必死にもがいているが、こんがらがってびくともしていない。往生際よく静かにしているのは、転倒した拍子に狭い通路へとばら撒かれた女商人のバッグの中身だけだ。

女商人の様子を見ていたキッカは指さし、とっさに鋭く告げた。

「オスカー、その手帳！」

キッカは自分の声を聞いて、やっと女商人の殺意の呪縛から逃れられた気がした。

キッカが告げるが早いが、女商人の手から手帳が掻《か》き消えた。

件の手帳を手にしたハヤブサが木箱の上から飛び降りて、キッカへと差し出してくる。

「どうぞ」

「ありがとう」

じとっとした額の汗を拭《ぬぐ》い、キッカは手に取ってよく見た。

取引記録を記した単なる帳簿のようにも見える。しかし、女商人の動きがどうにも怪しかった。すっころんで色んなものをまき散らしたなかで、起き上がって逃げようとする時に真っ先にこの手帳を拾い上げていた。よほど解かれたくない仕掛けがあるのだろう。

キッカは手帳を女商人の眼前に差し出した。

「大事なものらしいですね？」

「そりゃ、取引台帳だもの……商売には、欠かせないわ……」

女商人はもがくのに疲れて観念したのか、息を切らしていた。

キッカはぱらぱらと手帳型の台帳をめくり、ふむふむと読んでハヤブサへと告げた。

「この台帳、暗号が仕込まれてる」

「っ!?」

女商人の顔が強張《こわば》るのを、キッカは視界の端にとらえていた。

ハヤブサがキッカに耳打ちしてくる。

「よくわかりましたね。この台帳に暗号が隠されてる、なんて」

「いや、私、暗号とかぜんぜんわかんない。あの台帳を拾う時のあの人の仕草がなんか変だったから、ちょっとハッタリかけてみただけ」

「……す、すごいです……」

「この人、やっぱり〈再びの魔光〉の関係者かも。それも、組織の上のほうの」

キッカがそう言うと、ハヤブサの眼が妖《あや》しく光った。

「尋問は得意ですよ、俺」

「やらなくていい。ちょっと尋問したからって、本当のことを言うとは思えない。この人が〈再びの魔光〉の関係者なら、捕まった時のことを想定していて、それらしい嘘《うそ》の情報だって掴ませようとしてくる。この手帳は、暗号解読のスペシャリストに任せればいい」

「……〈颪の耳目〉の他の局員ですか？」

「うん。この人の身柄と持ち物を渡したほうがいい。いろんな情報を集めて、その真偽を見極めるのなんて、二人だけで今すぐできることじゃない」

キッカは自らの考えを述べた。ハヤブサが頷《うなず》いている。納得してくれたようだ。

キッカは通信符を操り、すぐに報告してその許可を得た。

胸がどくんどくんと早鐘を打っている。女商人から向けられた殺意の残り香に、いまだキッカの身体が反応しているらしい。キッカは手汗を何度か拭《ぬぐ》った。

女商人の身柄と所持品をすべて指定された座標に送るべく、キッカは倉庫の床に散らばった女商人の持ち物をかき集め、ハヤブサに手渡した。

するとハヤブサが女商人もろとも掻《か》き消えた。かと思うと、一人で現れた。

「指定の座標に届けました。では、帰りましょう」

ハヤブサがそう言ってキッカの肩に触れた途端、ふっと周囲が暗くなり、明るくなったと思ったら学校の屋上へと戻ってきていた。基地倉庫の残り香が鼻の奥にあるのみだ。

雷の国と水の国の国境地帯にいたはずが、もう王立王都第一高等学校の屋上だ。

毎度毎度、とんでもない早業だ。

かなりの長距離を移動しているはずなのに、その実感がまるでわかない。

ハヤブサが顔から頭巾を外して折り畳み、懐に仕舞ってから、屋上の手摺《てすり》に結び付けておいた学徒ローブをキッカの分まで解いてくれている。ハヤブサが「どうぞ、キッカさん」と差し出してくれた学徒ローブにキッカが手を通していると、風の君から通信がきた。

「シルフよりネ二十へ。オスカーと話したい」

「こちらネ二十。どうぞ」

キッカはそう答えて印相を変え、ハヤブサに目で促した。

「なんでしょう、シルフ？」

「前回、オスカー、そなたがえぐり目の魔人を捕らえていてくれれば、このような軍事衝突の危機を未然に防げたのだ。そなたの仕事は、この世界にとって大切なものなのだ」

風の君がハヤブサをたしなめている。

ハヤブサは落ち込んでいるようだ。チャイカとシュヴァルベを想ってのことだろう。

風の君の言葉は、確かにその通りだ。けれど、ハヤブサは王の要請に対して誠実に応えてきている。風の君の発言には、ハヤブサがどうして前回途中で帰ったのかということに対する視点が欠けている。キッカはそう感じ、声を挟まずにはいられなかった。

「よろしいですか、シルフ」

「どうした？」

「前回途中で帰ったのは、学生生活に対するオスカーの真剣さ故です。前回の要請は水の国の高官捕縛が要請の内容であって、それは達成しています。えぐり目の魔人の出現は突発的な出来事でした。オスカーなりに、自らの本分を守ろうとした結果です」

キッカが申し出ると、風の君がしばし黙った。

風の君の度量と思慮は深い。

風の君と接してきた経験上そう思っていても、風の君の二秒にも満たない沈黙が何を意味するのかつかめず、キッカはどきどきした。視点の欠損が埋まったことの充足感からか、あるいは、王直属の連絡係という役目を逸脱した発言だと取られ不愉快にさせたのか。

「……そうであったな。学業に励めと、そう言ったのは私自身であった」

風の君の口調の柔らかさに、キッカはほっとした。

「たしかに、オスカーに非はなかった。私の不徳であった。ネ二十、よく言ってくれた。オスカー、この度の功績、見事であった。大勢の者が救われた。無辜《むこ》の血が流れずにすんだ。オスカー、そなたのおかげだ。ありがとう。近いうちに褒美をとらせよう」

風の君が自らの浅慮を認め、ハヤブサの働きを褒《ほ》めた。

ハヤブサがやや戸惑いながら「こ、光栄です」と答えている。叱られていると思ったら風の君に褒められて、喜んでよいものか迷っているらしい。

「……オスカー。これは条件外の要請になるが、〈再びの魔光〉のアジトと思われる場所を三つ把握した。二十分後に一斉摘発を行う。そなたが加わってくれると力強いが、どうか？」

風の君のその申し出に、ハヤブサは即答しなかった。

しっかりと悩んでいるようだ。ほどなくしてハヤブサが首を横に振った。

「次の授業があるので、無理です」

「そうだな。それでよい」

風の君はどこか朗らかにそう述べて通信を終えた。

ハヤブサがお辞儀している。

「キッカさん、ありがとうございます。助かりました」

「こういう風に陛下とハヤブサくんの間、取り持つのも私の役目だから。それに、ハヤブサくんが学生生活をちゃんとやろうってしてるのは、見ててわかるから」

キッカがそう言うと、ハヤブサの顔がほころんだ。

六時間目はもうすぐだ。

ほどなくして鐘が鳴り、公用語の授業が始まった。

古典劇の登場人物の心情をクラスメイトと話し合ってセリフから紐解き、二人一組になってセリフを口に出して身振り手振りを交えながら表現する、というのが今日の課題だった。

お手本を見せてくれる先生は真剣で、古典劇の時代背景を語るその口振りは熱い。

親友にナイフの切っ先を向けられるヒロインのシーンだ。キッカがチャイカとペアを組んで演じて見せると、先生から「迫真の演技だな、キッカ。経験したことあるんじゃないか？」と笑いながら褒められたほどで、キッカは冷や汗をかきながら笑って誤魔化した。

キッカはハヤブサの様子をちらりとうかがい、訝《いぶか》しんだ。

ハヤブサはいつも真剣に授業を受けているというのに、今は身が入っていないようだ。古典劇の一場面をペアになって自分なりに表現する最中、ペアになったシュヴァルベから心配されるほどハヤブサはぼけっとしていて、セリフの読み飛ばしもひどかった。

六時間目の授業の終わりまで、ハヤブサはずっとその調子だった。

何か気がかりなことがあるらしい。

「キッカさん、お願いがあるんです」

放課後になったとたん、ハヤブサから改まってそう切り出された。それも教室をさっさと抜け出して、人気のない踊り場までわざわざキッカを連れてきて、だ。

いったい何の用だろうか、とキッカは首を傾げた。

「どうしたの？　ハヤブサくん」

「風の君に聞きたいことがあるんです。さっきの、基地を動かしたその後。大丈夫なのかなって。雷の国と水の国が、戦争になったりしてないのかどうか、聞きたくて……」

キッカは目を丸くした。

ハヤブサが王の要請の事後を気にするなんて、初めてだ。

チャイカとシュヴァルベの喧嘩《けんか》に対して、ハヤブサは責任を感じているらしい。悪いのはえぐり目の魔人や、国家の意思決定をしている人たちであって、ハヤブサではないというのに。

六時間目の授業中、そのことで頭が一杯だったのだろう。

「お願いできますか？」

「もちろん」

キッカは左手に通信符を貼り、指のポーズである印相を結んだ。屋上近くの踊り場に人影はない。誰かの気配はおろか、近づいてくる足音もなかった。

なにより、ハヤブサが曲がり角へと目を光らせてくれている。

第三者に聞かれる心配はなさそうだ。

キッカがハヤブサにも聞こえるように印相を作り直した途端、風の君の応答があった。キッカは手短にハヤブサの用件を伝え、単刀直入に質問した。

「シルフ、国境の動きはどうなりましたか？」

「いまのところ両国に動きはない。両国を訪問して調停の仲介をする時間は稼げたと見てよいだろう。どのような横槍が入ろうと、補給基地なしに深刻な軍事衝突は起こせない」

風の君がそう答えるなり、ハヤブサが胸に手を当ててほっと肩を撫《な》でおろした。

ハヤブサの可愛らしいその仕草にキッカは思わず頰が緩んだが、自らの王である風の君との通話中にだらけてはいけないと、口元を引き締めて背筋をぴんっと伸ばした。

「あの商人の女性はどうなりましたか？」

「なかなか手強い。だが忠誠心の高さこそが、〈再びの魔光〉での地位の高さの証だ」

「回収した手帳の内容は判明しましたか？」

「まだだ。一見すると何の変哲もない帳簿だが、どうやら〈再びの魔光〉の計画書らしい。〈風の耳目〉の暗号解読班が目下、全力で調べている。数日で内容を暴くだろう」

よかったと、キッカもなんだかほっとした。現場で結論を急がずに〈風の耳目〉に頼るという基地倉庫での判断は、間違ったものではなかったらしい。

「よくやってくれた、ネ二十。大勢の者が救われる。そなたの働きだ」

風の君にそう言われ、キッカは戸惑った。

「いえ、そんな、私は。オスカーが、いてくれたからで」

「……そなたの功績だ、ネ二十。よく気付いた。気付きこそ功績だ。謙遜《けんそん》は美徳だが、自らの功績を軽んじるようなものであってはいけない」

風の君は断言した。

横で聞いているハヤブサまで、うんうんと頷《うなず》いている。

「よくやった。よい気付きだった、ネ二十」

「はい、シルフ。ありがとうございます」

「この役目をそなたに託してよかったと、私は思っている」

風の君の優しい声音に、キッカは胸がじんわりとした。今日一日だけでも、ものすごい高さから海面めがけて風を切りながら自由落下したり、軍の倉庫でナイフを持った女商人に追い詰められたりしたけれど、そんな苦労の数々もなんだか吹っ飛んだような気がしてくる。昨日はもう無理だとしか思えなかったのに、今日はこれからもなんとかやっていけると思える。

心というのは不思議なものだなと、キッカはそう感じた。

ハヤブサがおずおずとしながら、キッカの袖をちょぃちょぃと引いた。

「あの、キッカさん」

「どうしたの？」

「これで、シュヴァルベさんとチャイカさん、これ以上、喧嘩《けんか》しなくて済みますよね？」

「そうだね。今以上に悪くなることはないと思う」

「……よかった」

ハヤブサが微笑《ほほえ》みまじりの安堵《あんど》の溜め息をついて、ぽつりとそう呟いた。

キッカは、なんだかおかしかった。

（ほんと、あべこべだなぁ、ハヤブサくんって）

二国間の軍事衝突を回避させたことより、補給基地を丸ごと二つ瞬間移動させたことより、風の君の難度の高い要請を成し遂げたことより、クラスメイト二人の仲に走った亀裂がこれ以上深くならないことに安堵している。

ハヤブサはどこかズレていて、そのズレに妙な温かさがある。

「校長室へ向かってくれ、ネ二十。そなたに渡すものがある」

「オスカーは？」

「同席してもらって構わない。では、失礼する。話せてよかった」

風の君が手短にそう述べて通信を切った。国王というのはただでさえ多忙だが、水の国や雷の国への働きかけで、今は輪をかけて忙しいはずだ。よく応答してくれたものだ。

(私に渡すもの、ってなんだろう?)

キッカは校長室へ向かって階段を下りつつ、ぱっと思いつかなかった。ハヤブサも同席してよいということは、今後の仕事に関係するものなのだろうか。

ハヤブサと並んで一階へ降りてくると、曲がり角でチャイカとばったり出くわした。

ランドセーリング部の助っ人中だろうか、チャイカは両手にロープやら帆布やらを抱えていた。キッカと出会うなり、チャイカが「女神が現れた!」とばかりに顔を輝かせている。

「キッちゃん、これ運ぶの手伝ってぇ!」

今は困る。校長室に用がある。

キッカが断る言い訳を言うより早く、ハヤブサがチャイカの荷物を受け取った。

「俺、手伝います、チャイカさん」

「おお、そっか。ハヤっち、ならお願い」

どうぞいってください。とハヤブサの目が言っている。

キッカは頷《うなず》き、「私は、用があるから。またあとでね、チャイカ」と校長室へ急いだ。

(ぱっぱと受け取るもの受け取って、手伝いにいこう)

ハヤブサがふとした学校生活でどんなイレギュラーを引き起こすか、わからない。ハヤブサが学校生活に慣れるまでは、なるべく近くで見守っているほうがよいだろう。

キッカはノックをして校長室のドアを開けた。

開けて、キッカはぎょっと身構えた。

ドアの先に、三人組の女生徒が立っていた。キッカの見知った顔だ。二番街にある〈風の耳目〉の本部で何度かすれ違ったことがある。「好戦魔導士の生贄《いけにえ》」だとか「中卒組の貧乏人」だとか、陰湿なやり方で嫌味を言ってきた、あの先輩局員だ。

キッカの姿を見るなり、二人の先輩局員が校長室から出た。自然な仕草で話し合うように向かい合いつつ、左右の通路へと目を走らせている。

校長室に近寄る者があれば、その二人が人払いをしてくれるらしい。〈風の耳目〉のサポート体制だ。おそらく、キッカですら知らない局員がこの学校にいるだろう。

残ったひとりの先輩局員が、丁寧な仕草でキッカへと一つの小箱を差し出してきた。

「陛下からあなたへの品よ」

三人組のリーダー格である先輩局員が小箱の蓋《ふた》をずらし、中身を示した。

香水の小瓶《こびん》だ。

風の君からの褒美らしい。見たことのない精巧な紋章が小瓶に刻まれている。精霊を喜ばせ幸せを運ぶという、王室御用達の香水ではなかろうか。風の国の君主は代々、素晴らしい働きを行った臣下に『名誉の香水』を送るという。その噂《うわさ》の香水が、これではないのか。

身に余る。

キッカはそう思ったが、受け取らないわけにもいかない。おずおずとキッカが受け取ろうとすると、先輩局員が不満そうに咳《せき》払いした。

「わたし、名代ってことになるんだけど？　陛下の代理よ、わかってるの？」

キッカは慌てて片膝をつき、臣下の礼を示して小瓶《こびん》を受け取った。

「いいご身分よね、ほんと」

キッカが両手で小瓶の重みを味わっていると、険悪な声が降ってきた。

「調子に乗んないでね、キッカ」

先輩局員の目に渦巻いている悪意は、嫉妬《しっと》だろうか。

「あんたが陛下直属の連絡係になれたのは、人格や能力に期待されたからじゃない。あんたが平凡で代えのきく下っ端だからよ。あんたの家が好戦魔導士の下宿先に決まったのだって、なにかあったとしても被害が上流階級の住宅地まで及ばないからだし」

先輩局員の目も声も刺々しい。

「わきまえなさい、中卒組の貧乏人」

ふんっと鼻を鳴らして先輩局員の女生徒が立ち去っていく。

キッカは握りしめた拳《こぶし》を、すぐに解いた。

せっかくの小瓶が割れてしまう。

風の君が送ってくださった大切な品だ。

こんなことは毎度のことだ。こういう目にあうのは慣れている。情報局員として必要な資質は、平凡で穏当で忍耐強いことだ。ことを荒立ててはいけないと、キッカは受け流した。

受け流すのが正解だ。

みんなそうして生きている。ふつうで、まともで、正しいやり方だ。キッカが自分に言い聞かせていると、ぞっとするような気配を真横から感じた。

いつのまにかハヤブサがキッカの真横に立っている。

キッカは仰天した。

まずい、と直感した。

さっきの話をどこまで聞いていたのか、ハヤブサの燃えるような瞳《ひとみ》が物語っていた。

「口の利き方ってやつを、あいつの顎《あご》の骨に刻みこんでやります」

ハヤブサが魔人すら睨《にら》み殺せそうな眼光で指をぽきぽきと鳴らしていた。無礼者をとっちめようと進み出たハヤブサの腕を、慌ててキッカはがっと摑んで引き留めた。ハヤブサはぞっとするほど平等だ。老若男女関係なく、とっちめる時はとっちめるはずだ。

面倒ごとはダメだ。

王直属の連絡係であるキッカの職責に反する。

「別に普通、だから、こういうのは」

キッカは声を穏やかに、微笑《ほほえ》んだ。

「うち、裕福じゃなくて。だから、いいの。ほんとのことだし。ほんとのこと言われて腹立ててたら、やってけないから。これがこの国の普通なの」

キッカは後ろめたさを笑顔で覆い、ハヤブサの顔をまっすぐに見た。

これでハヤブサはもう動けない。

ハヤブサを縛める一言だ。キッカは心得ていた。心得ていたつもりだった。

「そうですか。普通は、そうなんですか。……だったらその普通が間違ってます」

ハヤブサの瞳《ひとみ》は凛としていた。

「俺が腕千切《ちぎ》れるの痛いけど平気だって言ったら、キッカさんは言いました。ハヤブサくんが痛いなら私は嫌だ、って。だから俺も嫌です。キッカさんが痛そうにしてるから、痛いのを隠そうとしてるから、嫌です。俺、あいつぶっとばしてきます」

ハヤブサの毅然とした言葉に、キッカの手は思わず緩んでしまっていた。

ハヤブサがするりとキッカの縛めを抜け、先輩局員の女生徒を追って歩き出している。

(だ、だめだめだめ！　ハヤブサくんが退学になっちゃうっ)

校内での暴力沙汰《ざた》はまずい。

普通の学生でも殴り合いの喧嘩《けんか》なんてご法度だ。

好戦魔導士一族であるハヤブサがそれをやれば、一発退学になるだろう。いや、退学程度では済まないかもしれない。留学生という立場の中でも、さらにハヤブサは特殊だ。

（下手したら、国外追放になる！）

ハヤブサの学生という立場がどれほど微妙な均衡の上に成り立っているのか。失うとなったらどれほどあっけなく失うか。

キッカはそれを知っている。

（しかも、〈風の耳目〉の局員と知っていて叩《たた》きのめしたりなんかしたら、とんでもなく大ごとになっちゃうっ。ハヤブサくんが今までやってきたこと、パァになる！）

キッカは考える前に踏み出していた。

（なんとかしなきゃ！）

衝《つ》き動かされるように走り出し、キッカはハヤブサを追い抜いた。

今までにない大胆さがキッカの中で沸き起こり、両足を動かしていた。ハヤブサと行動を共にしてきたからだろうか。キッカ自身、信じられないほど奮い立った。

キッカはむかっ腹が立っていた。

さっきの先輩局員のあの言い草。なんだあれは。あのせいだ。あの場において、何の意味も必要もない言葉だ。無用の極みだ。たとえそう思っていたとしても、一生胸に仕舞い続けておけというのだ。先輩の癖に、言いがかりをつけてことをややこしくしやがって。しかも、よりにもよってハヤブサに聞かれてしまうなんて、最悪中の最悪だ。先輩なら流石と唸《うな》るような、愛嬌《あいきょう》なり手練手管なり、憧《あこが》れるような立ち振る舞いをみせてみろ。

　こんなことになっているのは、ぜんぶあの女のせいだ。

　責任を取ってもらう。

　キッカは先輩局員の行く手を塞《ふさ》ぐように回り込んだ。

　三人組で相手のほうが背が高いのに、不思議とちっとも怖くなかった。ナイフを持ったあの女商人の冷酷な殺意に満ちた目と比べたら、子猫のようだ。突然上空四百メートルから目一杯広がる海面めがけて自由落下したときの怖さと比べたら、屁でもない。

　たじろぐ三人組のリーダー格へと、キッカは鋭い目つきで口火を切った。

「私の家はお金持ってないだけで、あなたがもってないもの、たくさんある。私の家は誰かの悪口や陰口を言わなくたって話題に事欠いたりしたことないし、誰かを労わる優しさや、誰かを不愉快にさせない気遣いや、自分の望み通りにならなくても前に進もうってする勇気や、比べなくたって美しいものを美しいって思いあえる強さや、もう数えきれないくらいのものが家にも近所にもあった。だから私はあのとき手を挙げられた。そして今ここにいる。平凡で代えの効く下っ端だけど、あの時、私は手を挙げた」

　キッカは真っすぐに三人組のリーダー格へ向けて続けた。

「あなたは非凡で代えがきかないかのように振る舞っているけれど、あの時手を挙げることができなかった。行動した人間が行動しなかった人間を見下すことですらバカバカしいのに、行動しなかった人間が行動した人間を見下すことのバカバカしさったらない」

キッカが言い放つなり、先輩局員が目を剝いた。

「あんただってそうやって、あたしのこと見下してんじゃない！」

「うん！　私はあなたを軽蔑してる。本当に愚かだよね、軽蔑するって。自分がどんどん惨めな生き物に成り下がっていくから。それでも私はもうっ、こっちの優しさや配慮に対して舐めくさった真似してくる人のこと、しっかり軽蔑することにした！」

「く、口答えすんな！」

リーダー格の手が鋭く動き、キッカの頰に衝撃が走った。

ぱんっという乾いた音もした。

頰をぶたれて、キッカはむしろ肝がすとんっと据わった。情報局員としての自分の立場だとか、この先どうやって事態を収拾するのかだとか、ひとまず横に置いた。

やってやる。

キッカは相手の頰めがけて思いっきり腕をしならせた。相手の平手打ちよりも大きい音がした。すごくいい音だと、キッカは冷静に聞いている自分自身が頼もしかった。自分は本気で怒ると冷静な心持ちで後先を考えなくなる人間なのだと、キッカは初めて知った。

三人組が驚いている。まさかキッカがやり返してくるとは思ってなかったらしい。

いい気味だ。

一対三だ。

まず勝てない。だがすんなり負ける気はしなかった。

キッカは腕っぷしなんてちっとも強くない。殴ったり殴られたり、そんな喧嘩《けんか》をした記憶もない。学校でのこの騒動は、キッカの立場上、問題にもなるだろう。

(これでいい)

キッカのこの行動にハヤブサは面食らっているはずだ。面食らって、冷静になって、どうしていいか分からなくなるはずだ。今までのハヤブサの日常生活の言動からして、おそらくそうなるだろう。それでいい。ハヤブサをこの喧嘩に立ち入らせないことが重要だ。

それがハヤブサを守ることに繋がる。

キッカが三人相手に摑み合いの大喧嘩をおっぱじめるなり、「くぉらぁああ！　キッちゃんをイジメてんじゃねぇ！」と叫ぶ声がしたかと思うと、先輩局員の一人にドロップキックを浴びせながら飛び込んできた小柄な人影があった。

チャイカだった。

まったく頼りになる友人だと、キッカは心強かった。

△――「第三章」――▽

1

(……あれ？　これ、どうしたらいいんだ……？)

一階廊下でハヤブサは目をきょろきょろとさせた。

チャイカが飛び込んできて、なんだかものすごい乱闘騒ぎになっている。とはいえ、三人組もキッカも喧嘩《けんか》になれていないのが丸分かりだ。

髪を摑んで叩《たた》き合うだけで、相手の急所を的確に狙えていない。

あらゆる動きが大ぶりだ。

チャイカだけが喧嘩慣れしていて、身体能力がものすごく高いことだけは確かだ。体格差のある年上二人を相手にして、チャイカは一歩も引かずに投げ飛ばしていた。

ハヤブサは焦った。

よくない状況だ。なんとかしないといけない。

(全員ぶっ飛ばす以外の方法で、この場を治めるのって、どうやるんだ……？)

はたと気付くも、ハヤブサの頭の中は真っ白だ。

良いアイデアなど、何一つ浮かばない。

（……俺、ま、またやっちゃった……？）

ハヤブサはぎくりとした。

キッカがこんな騒ぎを起こした理由は、直前の自分の言動にあるのではないか。あの先輩局員らしき無礼者をとっちめようとした自分は、現にこうして面食らっている。

（ど、どどっ、どうしよう、どうしよう……？）

どうやれば、この乱闘騒ぎをおさめられるのか。

ちっとも見当がつかない。ハヤブサはおどおどとして、右往左往するばかりだった。

どこかで誰かの声がしたような気がすると、校長先生がすたすたと駆けつけてきて、身体をすっと割り込みキッカとチャイカと三人組をあっという間に隔てた。

校長先生は細身で目元や口元の皺《しわ》にも愛嬌《あいきよう》のある老齢の女性だが、背はぴんっと伸びていて高い。貫禄《かんろく》のある校長先生の目に射すくめられ、五人ともぴたりとケンカを止めた。

「あなたたち五人の話を聞きます。一人ずつ、しっかりと。今は離れなさい。……ハヤブサさん、保健室から先生を呼んできてください。まず、五人の手当てが先ですから」

校長先生の指示に、ハヤブサはこくこくと頷《うなず》いた。

まったくあざやかで堂々とした手並みだ。その言葉と物腰を裏打ちする気迫、だろうか。一瞬でこの場の主導権を握ってしまった。好戦魔導士の首長である父ハヤテにどことなく通じる凄味を、ハヤブサは校長先生からふと感じた。

保健室へと足早に向かいながら、ハヤブサは振り返った。

なんだかすっきりとした顔のキッカが毅然としながら校長先生と話していた。


土曜日の朝は、まだ日が昇る前に目が覚めた。

精霊ランプの助けは必要ないが、明け方の空にはまだ夜の気配が濃厚だ。耳を澄ませても物音はしない。キッカも、シーもミュウも、エレクトラもまだ起きていないようだ。

ハヤブサはうんしょと伸びをして、忍び足で玄関へと下りた。

『運動がてら、街を見てきます。朝ごはんまでには戻ります』

と一筆残して、ハヤブサはこっそり家を出た。

留学してから初めての休日だ。王の要請がこない日でもある。体を動かしたいなと、早朝の空気を浴びながらハヤブサはひとっ走りした。縮地走り、というハヤブサが編み出した鍛錬法の一環だ。緩急をつけて走りながら縮地魔法を連続で操り、一キロ離れた二つの通りを同時に走るというシンプルなものだ。二地点間の高低差をわずかでも見誤ると、すっ転んだり蹴躓《けつまず》いたりして綺麗に走れない。綺麗な姿勢で走り続けると縮地の感覚と集中力が鍛えられ、十分も走れば汗が噴き出してくる。ハヤブサは懐中時計を確かめつつ、小休止を挟みながら十分走を繰り返した。留学する前は日課にしていた。数日サボっただけで、いつも以上にきつく感じるのは身体がなまったからなのか。チャイカが日課としているように、登校の時もランドヨットには乗らず走ったほうがいいかもしれない、とハヤブサは思った。

王の要請に応えられなくなったら、ことだ。

朝日が昇り切った頃合いに下宿先へと帰ってきて、ハヤブサは朝の食卓を囲み、それから屋根裏部屋に戻って「屋根裏部屋におく棚は、作るほうがいいか買ったほうがいいか」シーとミユウとお話ししながら、とりあえず近所の家具屋さんを見てみようと腰をあげた。

すると、玄関でキッカと鉢合わせた。

キッカがコートを羽織っている。頬と顎《あご》の絆創膏《ばんそうこう》は真新しいが、キッカの表情が爽《さわ》やかで、痛々しさよりも勲章のような誇らしさがあった。

「お出かけですか？」

玄関でハヤブサが尋ねると、キッカが誤魔化すような笑みを見せた。

「昨日のことで、ちょっとね。校長先生から話があるって、学校に呼ばれちゃって」

「……俺も行きます」

「いいから。ハヤブサくんは、ゆっくりして。呼び出されたのは私とチャイカだから」

キッカは「いってきます」と家を出た。

キッカが出かけてからというもの、ハヤブサはなぜか十分が一時間に感じ、二十分が五時間に思えた。シーとミユウに案内された家具屋さんでも、あまり集中して商品を物色できなかった。ハヤブサはそわそわと懐中時計を確かめ、シーとミュウを先に帰らせた。

（やっぱり、俺もいこう。学校）

気になる。

胸がざわざわする。体がそわそわする。

四番街の停留所近くの公園で頭巾の君ごっこをしている子供たちを横目に、ハヤブサは大型ランドヨットに乗り込んだ。帆のはためきと車輪の音がやや荒い。艇長の力量によるものだろう。揺られながらハヤブサはすれ違う大型ランドヨットの車内に目を凝らした。もしハヤブサの心配が杞憂なら、キッカはもう帰ってきているかもしれない。帰ってきているとしたら、どこかですれ違うはずだ。ハヤブサは目を凝らせども、キッカとすれ違うことはなかった。

三番街の停留所の傍で頭巾の君ごっこをしていた子供たちを横目に、ハヤブサは校門を目指した。すると、校門から丁度チャイカが出てくるところと鉢合わせた。

「あれ、ハヤっち？」

「チャイカさん？」

ハヤブサと同じくらい、チャイカは目を丸くしている。

「チャイカさん、えっと……もう、済んだんですか？」

ハヤブサが問いかけると、チャイカがこくりと頷《うなず》いた。

ハヤブサが家を出た時間からして、まだ四十分ほどか。学校での乱闘騒ぎに対する校長先生の注意というのは、そんなにあっさり済むものなのか。ハヤブサが路上の喧嘩《けんか》を粉砕してしまい警察署にしょっ引かれた時は、かるく二時間以上はかかった。

「なんかね、こってり絞られるかと思ってたんだけどさ、相手があっさり悪いって認めちゃったらしくてさぁ。キッちゃんに言いがかりつけたことも、先に手を出したことも、あっさりとさ。いやもう、あたしはガンガンやりあうつもりだったから、拍子抜けしちゃったよ」

けらけらと笑うチャイカの鼻っ柱には絆創膏《ばんそうこう》が貼ってある。昨日の乱闘騒ぎのものだろう。ひょっとしたらチャイカは、世界一絆創膏が似合う女の子なのかもしれない。

昨日も迷わずキッカの加勢に飛び込んできた。

あの乱闘相手の三人組はいずれも国家情報局員のはずだ。これ以上大ごとにはせず、すんなり解決するようにと、だれかしらの指示があったのだろう。

ハヤブサは胸を撫《な》でおろした。

しかしハヤブサが見回せどもキッカの姿がない。

「キッカさんはどこに？」

「キッちゃんなら、もう帰ったよ。用事があるからって」

（キッカさんが、もう帰った？）

ハヤブサは訝《いぶか》しんだ。ほかにある用事、とはなんなのか。

ハヤブサは嫌な予感がした。

（……校長先生なら、何か知ってる……？）

ハヤブサはチャイカを校門から見送ると、校長室へとまっしぐらに向かった。ノックをして校長室に入ると、校長先生が椅子に座り、眼鏡をかけて書類を机に置いていた。

校長先生はハヤブサの出自や事情を知っている。風の君の恩師でもあるらしい。半年前の王城庭園での面接で、風の君が敬称で呼んでいた。

校長先生がハヤブサの姿を見るなり微笑《ほほえ》んだ。

「きましたね。……やはり、あの子が見込んだ通りのようですね、あなたは」

校長先生の口ぶりは、まるでハヤブサがくることを予期していたかのようだ。

「校長先生、キッカさんは？」

「〈風の耳目〉の本部に向かいました。今回の騒動の責を負うために」

責を負う、というのはどういうことなのか。

ハヤブサはぴんとこず、首を傾げた。

「……そんなに、問題になることなんですか？」

「ハヤブサさん。キッカさんは国家情報局員です。あなたとは立場が違う。……立場、というものの重みを、知らぬあなたではないはずですよ」

校長先生の淑やかな言葉は、ハヤブサの胸に深く刺さった。

ウィザーズという氏族名が持つ重み。

おかれた立場というものが、どれほどの重荷となるのか。人には立つ瀬がある。幼子には幼子の、青年には青年の、中年には中年の、老人には老人の、それぞれの立つ瀬がある。種族も性別も関係がない。命が形を成したなら、立つ瀬とは切っても切れない。

好戦魔導士である自分は、よく知っている。

学校での乱闘の一件が穏便に済んだとはいえ、それは学生としての立場の話だ。キッカには学生の立場以外にも、国家情報局員としての立場がある。

（知ってる……俺、知ってたのに……）

許せなかった。あの時、キッカに無礼な真似をしたあの女生徒を。キッカが受けるべき誉れに対して、かける必要のない泥を浴びせかけたあの卑劣な行いを。

キッカの痛みを感じた途端、戦わねばと勇んだ。

キッカのことを考えているようで、自分の感情を優先していたのかもしれない。キッカが慌ててしまうような言葉ではなく、物騒なやり方ではなく、違うやり方があったはずだ。

キッカの立場に想いを馳せてはいなかった。

このような事態を起こさずにあの無礼に対して毅然とやり返す方法を、キッカと考えればよかったのだ。一緒に考えようとキッカに促すのが、あの時、真になすべきことだった。

それが「普通」で「まとも」で「平凡」に近づくことだったのではないか。

それなのに先走った。

そして本来自分が拭《ぬぐ》うべき後始末が、キッカに降り注いでいる。

ハヤブサは血相を変えて校長先生に詰め寄った。

「キッカさんは、どうなるんですか?」

「今日は、二番街の本部で缶詰でしょう。何らかの処分が下されるはずです」

国家情報局の本部に呼び出され、外部との接触を禁じられているらしい。

(……キッカさんが、大変なことになってる……)

ハヤブサは胸が痛かった。

あの乱闘騒ぎをキッカが起こしてしまった原因は、間違いなくハヤブサにある。

(俺のせいだ。キッカさんがああしたのも、あのままだと俺がむちゃくちゃしでかすだろうからって、それで、あんな風に……。な、なんとかしなきゃ)

風の国で一番えらい人なら、なんとかできるのではないか。

風の君ならば。

(風の君は、いまどこに?)

ハヤブサがそう考えた途端、校長先生が奇妙な咳《せき》払いをして机の上に置いた指をとんとんとした。校長先生の指の先、机の上に置かれた念写新聞にハヤブサは目が留まった。

風の君に関する見出しがある。

風の君は風騎士団を伴い、王都から出立したらしい。

一連の事件で拗れた問題を解決に導くための外交交渉で、風の君は大忙しだ。念写新聞の記事によれば、風の君は今、護衛の風騎士団を伴って雷の国の王都にいるらしい。

バルクラアドのオアシスホテルに宿泊しているそうだ。

オアシスホテルの番地と面する大通りの名が新聞に記載されていた。

「先生！」

ハヤブサがぱっと顔を上げると、校長先生がお茶目な笑みを見せていた。

ペンタグラム大陸全土の地図は頭に叩《たた》き込んである。ハヤブサは座標だけで、一度も行ったことのない場所にすら、誤差数センチ以内の高精度の瞬間移動ができる。

時に手足がもげながら、時に迷子になりながら、そういう修練を積んできた。

（いこう）

ハヤブサは即決した。キッカの窮地だ。その責任は自分にある。

行動あるのみだ。

自身の胸に右手を当てて、オアシスホテル向かいの大通りへと瞬間移動した。じゃりっとした感触が足裏から伝わってくると、もう校長室の天井は跡形もない。

からりとした青空だ。

風はない。砂っぽさもない。日差しも以前よりは優しい。

風の君を警護する騎士たちが、重厚な鎧《よろい》に身を包んでホテルの周囲を巡回している。風騎士団は精霊の加護を得て鎧《よろい》に風を纏《まと》い、身の丈以上もある大剣や大槌を軽やかに振り回す、機動力に優れた騎士団だ。自身の重量を自在に操って、三十メートル以上ある風車すら飛び越す跳躍力と、その風車を輪切りにできるほどの破壊力を備えている。

ハヤブサはホテル下層の廊下から上層の廊下へと瞬間移動を繰り返し、警護の騎士たちが物々しく守りを固めている一室を瞬く間に見つけ出すと、その部屋の中へと瞬間移動した。

ホテルには外にも中にも質の高い魔法障壁が張り巡らされていた。並の使い手ならば縮地魔法が暴走して身体が四散し、秀でた使い手ならばそうなる予兆を感じて退散していたろう。ハヤブサはそんな予兆を微塵も感じず、制御を一切乱すことなく魔法障壁を突破した。

風の君はホテル上階のスイートルームにいた。

風の君はハヤブサの顔を見ても眉一つ動かさなかったが、傍に控えていた近習や小姓たちはハヤブサの出現に仰天していた。ハヤブサという侵入者の出現に身体がとっさに動いたのか、風の君の盾になろうと、近習や小姓たちがハヤブサの前へと立ち塞《ふさ》がってきた。

「風の君、今、お時間を頂きたいです」

ハヤブサがそう願い出るなり、風の君の近くに控えていた近習が肩を怒らせた。

「ハヤブサ殿、なんたる無礼か！　いかにウィザーズの若君とて、陛下と面会を希望なされるのなら、客人として守るべき手順というものが――」

「よい。まだ時間はある」

風の君が手で合図すると、傍に控えていた近習と小姓がさっと部屋の外へと出た。椅子に腰かける風の君はコーヒーを一口飲み、サイドテーブルに置いた。コーヒーの湯気から漂ってくる香辛料の匂いと、サイドテーブルに置かれた揚げ菓子の甘い匂いが香ばしい。

その中でも、風の君が漂わせる香水のほのかな香りは特徴的だ。のどかな春の草原でそよ風を浴びているような気になる、そんな香りだった。その香りに気付かされるように、ハヤブサは遅ればせながらお辞儀し、火の国の貴人の礼を示した。

「ハヤブサ、どうした?」

「俺は、風の君から褒美を頂けるはずです」

ハヤブサの無遠慮な申し出に、風の君はゆったりと頷《うなず》いた。

「そうだな。私はそう言った」

「キッカさんを不問にしてください」

ハヤブサが求めると、風の君は細く長い吐息をついた。

「ハヤブサ。褒美をとらせるとはいったが、褒美を選んでよいとは言っていない」

「……」

「たしかに、乱闘騒ぎを起こす局員は不適格かもしれないと、報告が上がってきた」

「風の君はどうお考えですか?」

「『では、誰がキッカの役目を引き継いでくれるのだ?』と私が問うと、明瞭《めいりょう》な答えは返ってこなかった。それこそがこの問題への答えだと、私は考える」

「な、なら――」

「とはいえ、だ。ハヤブサ」

風の君は、はやるハヤブサを前に頑として落ち着いていた。

「そう簡単に不問にはできない。キッカが学校で騒ぎをおこしたのは事実だ。目立たず、平凡に、穏当に過ごす。それが情報局員に求められる大切な行動規範だ。そうでなければ、ハヤブサ、そなたの日々の生活を助けることは叶わない」

「で、ですがっ……学校での騒動は、俺の責任なんです」

「そうだろうな」

風の君は見透かしているように淡々として続けた。

「だが、風の国においてそなたの責任は、キッカの責任につながってしまうのだ、ハヤブサ。キッカの役目とは、それほどまでに重く、大変なものなのだ」

「理不尽です」

「そうだな。まともな人間ほど割を食う。だから、私やそなたには熟慮が欠かせぬのだ」

風の君の眼光はいつになく鋭かった。

その舌鋒はさらに鋭く、ハヤブサに有無を言わせなかった。

「ハヤブサ、そうではないか?」

「……」

ハヤブサは言葉に詰まった。詰まったことが答えでもあった。

ハヤブサが考えずに動こうとして、結果、キッカが割を食った。そういう事態が引き起こされてしまった。風の君の問いかけに、ハヤブサは返す言葉がなく俯いた。

ままならないことばかりだ。

よかれとおもって、大抵、ひどいことになる。

「さて、小言はここまでだ、ハヤブサ」

風の君が柔らかい手振りで、サイドテーブルの揚げ菓子をハヤブサにすすめた。

甘く香ばしい匂いのする菓子だったが、ハヤブサはとても手を伸ばす気になれなかった。突きつけられた自分の思慮の浅さを、どう受け止めればよいのか。

まごつく自分が恥ずかしく、ハヤブサは顔を上げられなかった。

衣擦れの音がする。風の君がおもむろに立ち上がったのか、続けて歌声が聞こえてきた。

「……あわれ木の葉よ、風に舞う。錦のうえで、胸をはり。ボロのうえなら、うつむいて。風を忘れて、あらおかし。木の葉は木の葉、あらおかし。いじもいくじも、なき木の葉。見ようも聞こうも、せぬ木の葉。風を忘れて、あらおかし……」

風の君のゆったりとした歌声に、ハヤブサは顔を上げた。

聞き覚えがある歌だ。風の国へと向かう船旅で、船頭がよく歌っていた。

「風の君、その歌……」

「ハヤブサ、知っているのか？」

「はい。船頭がよく口ずさんでいました。その時より、ずっと歌が近く感じます」

ハヤブサが言うと、窓辺を眺めていた風の君は「そうか」と頷《うなず》いた。

「私が王家に生まれることを望んだわけではないように、そなたも好戦魔導士として生まれたかったわけではないだろう。だが、一たび生を受けた以上、無関係ではいられない。王族には王族の、好戦魔導士には好戦魔導士の、庶民には庶民の枷がつく。どのような生まれであろうとも、必ずなんらかの枷と共にある。その重みを、私は少しでも軽くしたい。……軽くする方法は、存外、多いものだ。この歌もその一つであろう」

風の君の真剣な瞳《ひとみ》が、ハヤブサをとらえてはなさなかった。

「ハヤブサ、そなたが今こうしてここにいることも、その方法の一つだ。キッカを支えようとしている。支え返そうとするその意志を、決して忘れるな」

風の君の眼差《まなざ》しを受け止め、ハヤブサはしかと頷いた。

ドアが遠慮がちにこんこんとノックされている。

「――陛下、お時間が迫っております」

「わかった。……時間だ、ハヤブサ。引き続き、学業に励みなさい」

風の君は部屋を出ようとし、ドアを開けて待つ小姓の手前で立ち止まった。

「おお、そういえば、ふふっ……」

風の君はハヤブサへと振り返り、にやりと悪戯《いたずら》小僧のような笑みを見せた。なんだか、ついさっき校長先生が見せた笑みと通じるようなものがあった。

「……この前とはあべこべだな、ハヤブサ」

ハヤブサはきょとんとして目を瞬かせた。

風の君の姿はもうない。

ハヤブサ一人がぽつんと部屋に残されている。

あっさりどこかへ行かれてしまう感じは、こんな感じなのか。

（……えっと……これで、なんとか、なったんだろうか……？）

キッカの一助になれたのか。

手応えがあるような、ないような。

風の君に直談判した甲斐《かい》が、あったのかなかったのか。

風の君と入れ替わるように、コーヒーと茶菓子を手に小姓がやってきた。ハヤブサはもてなしを受け、客人としての手順を守らなかった先ほどの無礼を詫び、近習へもその旨を伝言していただきたいと、その場で書状をしたためて貴人の礼をもってお願いした。

（今は、待とう。キッカさんを）

ハヤブサは自身の胸に右手を当て、瞬間移動した。

鼻に抜ける空気が湿っぽいと感じるのは、それまで雷の国にいたからだろう。

季節も天気も同じなのに、何もかもが違う。

風の質感から、石畳の舗装の模様や感触はもちろん、時計塔の材質や広場の屋台の屋根にいたるまで、におうもの見えるもの聞こえてくるもの、あらゆるものが違う。

多様な風車が回る、王都セントラルブリーゼの二番街だ。旧市街である二番街は背の高い建物が連立し、その屋根が大通り沿いに一繋ぎになっている。屋根からはにょきにょきと竹楽器のように煙突が飛び出していた。警察署へとしょっ引かれた記憶はまだ新しく、王都の中でもハヤブサは特に苦手意識がある。〈風の耳目〉の本部前でハヤブサは待った。

十二月の冷たい風がひゅうっと時折音を立てている。

待てども待てどもキッカの姿は見えない。

寒さや空腹はおろか、喉《のど》の渇きすらハヤブサは感じなかった。西日が眩《まぶ》しさを増し始めた頃合いに、キッカが本部のエントランスから出てきた。

ハヤブサは駆け寄った。

「キッカさん、あのっ、だいじょうぶ、ですか……？」

ハヤブサがおずおずと尋ねると、キッカが微笑《ほほえ》みながら小さく頷《うなず》いた。

「始末書をそこそこ書くことになったけど、うん、もうだいじょうぶだから」

キッカの口調は穏やかだ。

風の君がさっそく手を回してくれたのだろう。

ハヤブサは安堵《あんど》すると共に、申し訳なくなってキッカに頭を下げた。

「俺がぶっ飛ばすとか言ったから、大ごとになっちゃって。ほんとうにごめんなさい。この前も、その前も、そのまた前も、えっと……」

ハヤブサは記憶をたどるほど情けなくなった。

出会ってからキッカに迷惑をかけていない場面を、ハヤブサは思い出せなかった。

「いつも迷惑ばっかりかけてしまって……ごめんなさい」

ハヤブサは肩を落とした。

なんだか大通りの風が、いつも以上に冷たい。

キッカが広場の屋台に立ちより、ハヤブサへと湯気の立つ紙コップを差し出してきた。

甘い香りだ。カカオパウダーのまぶされた白いクリームが、茶褐色の液体を彩っている。ホットチョコレートという、氷の国で流行っている飲み物らしい。

程よく温かく、甘くてうまい。

ハヤブサが二口三口と味わっていると、キッカがぽつりと切り出した。

「シーとミュウの学費を稼ぎたくて、だから、高等学校は諦めてたんだけど、それが、あなたと陛下の連絡係になることで通えることになって。ハヤブサくんがこの国に来てくれたことで、私はすごく助かってる側面があるってことだから……あの、そういうことだから」

キッカの声は穏やかだった。

「迷惑は、かけます。かけるし、かかります。かかることばかりに目を向けて、かけていることに無自覚な人じゃないから、ハヤブサくんはなんとかなるって私は思う」

キッカはぽりぽりと照れくさそうに頰を掻《か》いた。

「っていうかね、学校で大喧嘩《げんか》した時さ、すかってしたから。言いたいことちゃんと言って、気にくわない人としっかり仲悪くなれたから、あれはあれでよかったたって私は思ってる。私がしっかりやり返すぞって相手にちゃんとわからせること、できたから」

キッカが紙コップをつんつんと突きながら、申し訳なさそうな顔をした。

「ごめんね、ハヤブサくん」

「……？」

ハヤブサはきょとんとした。

なぜ自分がキッカに謝罪されるのか。わけがわからなかった。

ハヤブサが訝《いぶか》しんでいると、キッカがぴんっと人差し指を立てた。

「だから、ほら、さ。今回のさ、私のおとがめが軽くなったのって、陛下に手を回してくれたからでしょ、ハヤブサくんが。……休み時間でもないのに、余計なことさせちゃって。休日なのに、ハヤブサくんの仕事増やしちゃって、ごめんね。助けさせちゃって」

ハヤブサはゆったりと首を横に振った。

「仕事じゃないです。キッカさんが俺を助けるのは仕事です。でも、俺がキッカさんを助けるのは仕事じゃないです。だから、休み時間とか関係ないです」

ハヤブサとしては自明のことだった。

当たり前のことを言ったつもりだった。そうであって当然のことだと思っていた。けれどキッカは面食らったように目を瞬かせ、かと思うと、ハヤブサが驚くほどに身を乗り出した。

紙コップの残りをこぼしそうになってキッカが慌てている。

「私もっ、仕事じゃない……とは、立場上言い切れないけどっ、でも、ハヤブサくんを助けるのはもう、仕事だけってわけではないから！」

キッカの言葉の熱さに、ハヤブサは面食らって目を丸くした。

「あの、そういうこと、だから……えっと、帰ろっか、ハヤブサくん」

キッカはなんだか気恥ずかしそうに、ぱっと家路へと歩き出している。

その背中を追いつつ、ハヤブサは言われたことの意味に戸惑った。

なんだか足元がおぼつかない。

けれど、胸がじんわりと温かい。

（なんでだろう……？）

ハヤブサは不思議だと自問して、キッカがぐっと距離を詰めてきてくれたことに気付き、自身の足取りが羽のように軽くなっているのだと、やっと思い至った。

（これが、ふつうって、やつなのかな……？　そうだったら、いいな……）

好戦魔導士一族以外の人と、初めてちゃんとした関係を築けつつあるのかもしれない。自分は少しずつ、まともな人間に近づけているのかもしれない。

もしそうだったら、最高だ。

いや、きっとそうなのだ。最高なのだ、今、この時は。

なんだか温かい気持ちのままで、ハヤブサはその夜、屋根裏部屋の寝床へもぐった。

月曜日になっても、目覚めは爽快だった。

ベッドの下から毛布を引きずりつつ這《は》い出して、朝日を浴びると笑みが漏《も》れた。

初めてこの屋根裏部屋を見た時よりも、美しく輝いて見えた。日曜日も輝いて見えたが、今日のほうがきらきらしている。もっともっと、輝かしいものになっていく予感がする。

週明けの朝の空気が、いつもより清々しい。

今日は寒さも和らいでいるのか。

ハヤブサは足取りを弾ませ、一階へと下りた。

窓の外から声が聞こえる。シーとミュウがきゃっきゃと元気に遊ぶ声だ。頭巾の君ごっこのようで、キッカの声も混じっている。どうやら、キッカも付き合わされているらしい。ハヤブサはエレクトラに挨拶《あいさつ》を済ませ、棚に置かれていた念写新聞にふと目が留まった。

『頭巾の君、好戦魔導士なりや？』

その見出しにハヤブサは心臓が縮んだ。

水の国ティアレイクと雷の国バルクラアドの軍事衝突危機の裏に、頭巾の君の活躍があったと記されている。水の国の国家憲兵や雷騎士団へ取材を重ねたらしく、頭巾の君の戦いぶりについての記載があった。頭巾の君が魔法陣も触媒も詠唱もなしに、魔法と思《おぼ》しきものを使っていた、と。忽然《こつぜん》と現れて忽然と消える、正体不明の英雄は好戦魔導士ではないか。

記事にはそう書かれてあった。

「ハヤブサくん。キッカたち、呼んできてくれる?」

エレクトラに呼びかけられ、ハヤブサは「はい」と頷《うなず》いて棚に新聞を戻した。

家の玄関からほど近い路地に、キッカたちの姿がある。箒《ほうき》やじょうろを手にした近所の人たちに囲まれているが、いつものように和気あいあいとしていない。

ハヤブサは足早に近寄った。

楽しそうに遊んでいた三人の声が、もう聞こえない。近所の人たちが鉢植えに水をやる手を止めて、困ったような顔でシーとミュウに話しかけていた。

「他のことで遊ぼうか、シーちゃん、ミュウちゃん」

「今朝の新聞に載ってたのよ、頭巾の君は好戦魔導士だって」

「好戦魔導士っていうのはな、戦うことにしか興味を持っていない人たちなんだ」

「軽々しく扱ってはいけない人たちなのよ」

近所の人たちが柔らかく諭しているが、ミュウもシーも首を傾げていた。

「こうせんまどうし、だったら、なんでいけないの？　ずきんのきみは、雷の国のお姫様をたすけたの。水の国と雷の国がケンカしそうになったの、とめたの」

「ミュウの言うとおりだよ。ハヤブサ兄ちゃんも、そう思うでしょ？」

「え？　えっと……」

ハヤブサは言い淀み、助けを求めてキッカを見た。

「そう、なん、でしょうか……？」

ミュウとシーの疑問への答えが、ハヤブサにはわからなかった。

生まれてこのかたずっとそうだったのだ。朝になって太陽が昇り、夜になって月がでてくることと同じだ。水が高いところから低いところへ流れ、花が散って実がなるのと同じ。そういうものだ。定めだ。仮に『どうして』がわかったとしても、どうなるものでもない。

それなのに、キッカはミュウとシーの目を見て頷いていた。

「そうだよね。おかしいよね、シー、ミュウ。たしかに怖い人かもしれないけれど、いいことをしたんだから、ちゃんと感謝しないといけないんだよね、本当は」

「……おねえちゃん。ずきんのきみは、わるい人なの？」

ミュウの問いかけに、キッカは否とゆっくり首をふった。

「違うよ。悪い人じゃない」

キッカがそう言うも、近くにいたお爺さんとお婆さんが言いづらそうに口を開いた。

「頭巾の君はなぁ……たしかに、キッカちゃんの言う通り、悪い人ではないのかもしれん。けどなぁ、百二十五年前になぁ、そりゃもう大きな戦があってなぁ。ワシのひい爺様が従軍したらしくてなぁ、一本角の魔人と槍を交えた話を自慢げに聞かせてくれたもんだがぁ、好戦魔導士と瘴気勇者のことをたずねると、そりゃぁもう恐ろしそうに頑として口を開かなんだ」

「うちのひい婆様も言ってたわ。あの人たちは、敵も味方も一緒くたにする、って」

「そりゃもう、恐ろしい人たちなんだ。一度戦い出したらもう手が付けられなくてなぁ、いろんなものを手当たり次第に壊しちまって。魔人や竜よりずっとおっかないんだ……」

お爺さんとお婆さんの口ぶりには、かつての人々の想いが受け継がれていた。

ミユウとシーが戸惑いながら、キッカを見上げている。

キッカが悩ましそうにしながらも、ミユウとシーに「それでも私は、頭巾の君ごっこ、していいと思う。今の私たちの生き方や考え方が百二十年以上前の人たちの考え方や生き方とはたぶん違っているように、今の頭巾の君が百二十年以上前の好戦魔導士と同じだって、私には思えないから」と声をかけた。けれど、シーもミユウも近所の人たちのばつの悪そうな顔を見回して、それきりごっこ遊びを続けようとはしなかった。

ハヤブサはそれが少し残念に思えて、朝ごはんを食べる時も学徒ローブを羽織る時も、「いってきます」という掛け声にすら、なんだか張りがでなかった。

慣れてきた通学風景にも、ハヤブサは違和感を覚えた。

土曜日には頭巾の君の格好をして遊んでいた子供の三人や四人は見受けられたが、今日はひとっこ一人いない。頭巾の君への関心が薄まるのは、ハヤブサにとってよいことだ。よかったと思いながらもハヤブサは少し寂しかった。

寂しく思う自分に気付いて、ハヤブサは戸惑った。頭巾の君が人気になったら困るのに、人気だったことが嬉しかったなんて、まったくあべこべだ。

（……なんで、俺、困るのに、うれしかったんだろう……？）

人気があれば、まともに近づけたということなのか？

人気があれば、それが「受け入れられた」ということなのか？

そういう風に自分が思ってしまっていたなら、なんとも変な話だ。

頭巾の君の実態なんて、ほとんどの人は知らない。出回っているのは念写新聞が切り取ったごく一部分だけだ。そんな人気だったから、出る時は一気に出たし、なくなる時は一気になくなった。そんな急激に出たりなくなったりするものが、本当に大切なものなのだろうか？

好戦魔導士一族の大切にしているものは、判明している限り二千年間一緒だ。

『強敵を前にした血の滾《たぎ》りこそ、生き甲斐《がい》』

それを二千年間つづけている。ハヤブサはそこから外れた生き方を目指しているが、少なくとも、好戦魔導士一族が二千年間大切にしてきた実績には敬意を持っている。

好戦魔導士一族はまともではない。だが何を大切にするかにおいて、ぶれていない。

（ぶれないってことが、ふつうでまともじゃないってことなら、だったら、ぶれるっていうことが、ふつうでまともになる、ってことなのかな……？）

実態を知らない誰かの評価に一喜一憂することが、ふつうでまともなのか？

ほんとうに、まともでふつう、というのはそういうことなのか？

ふとそう考えて、ハヤブサは困惑した。

さっぱりわかりそうにない。

停留所から出発した大型ランドヨットの車内でも、乗客たちの話し声が耳についた。

「頭巾の君が好戦魔導士だったなんて……」

「なんか、えーって感じだよね」

「……応援してたんだけどなぁ」

「水の国と雷の国の関係がこじれたのも、好戦魔導士が関わったからじゃないのか？」

「ありうるかも」

「争い大好き、戦い大好き、揉めごと大好きの一族なんだろう？」

「魔人よりおっかないって聞くからなぁ……」

四番街から三番街への道すがら、乗客たちはおっかなびっくりと話し合っていた。つい先日までは、頭巾の君の話題を口にしていた時はもっと楽しそうだったというのに。

（好戦魔導士がくるぞ……か）

悪戯《いたずら》小僧を脅かしつける常套句《じようとうく》を、ハヤブサは思い出した。

これが普通なのだ。

まともな人々の、まともな反応なのだ。仕方ない。わかっていることだ。

（むずかしいな……ふつうって、思ってたよりずっと……）

学校前の停留所に着き、キッカに続いて降りながらハヤブサは小さな溜め息が漏《も》れた。

「ハヤブサ、どうした？」

そう声がしたかと思うと、ハヤブサの肩に手が添えられた。その手を辿《たど》ると、心配そうにしているシュヴァルベの顔がある。ハヤブサの溜め息の重さを気遣ってくれているらしい。

相談するわけにもいかず、ハヤブサは口をもごもごとさせてしまった。

「ハヤブサくん、昨日、遅くまで本読んでたからじゃない？」

いつものようにキッカのそれとない助け船が入り、ハヤブサはこくこくと頷《うなず》いた。

「本？　何の？」

「オスカーの、二巻を、読み返してて……それで」

「そうか。二巻か。二巻はやめ時がわからないよな。怪盗カラスの暗躍とその食い意地の凄まじさがちらつき始めてからはもう、ページをめくる手が止まらなくなるよな」

そんな風に、シュヴァルベと『ひよっこ探偵オスカー』について話しているだけで、ハヤブサはいくぶんか気が楽になった。ところが、校門を前にしてなんてことない雑談に興じていると、いきなりシュヴァルベがくっと口元を引き結んだ。

ハヤブサがその目線をたどると、チャイカが校門にいた。

ぐっと空気が重くなった。吸い込む空気がねばつくようで、ハヤブサは身じろぎした。

険悪な様子で視線を交わし合うシュヴァルベとチャイカを前に、ハヤブサは頭が真っ白になってあわあわと慌てるばかり。ふいっと二人は顔を背けて離れた。

ハヤブサはきょろきょろと二人の背中をみやった。

呼び止めるべきだったのか。

だとしても、なんと声をかければよかったのか。

(どうすれば、よかったんだろう……？)

ハヤブサは胸が苦しくなった。

なんだかすごく複雑だ。まともな人とまともな人の関係というのは。好戦魔導士が得意とするシンプルな解決法では、とてもではないが解きほぐせそうにない。

「キッカさん、二人とも、まだ……」

ハヤブサは縋《すが》るようにキッカを見た。

けれどキッカは少し考えるような身振りをすると、ゆったりと首を横に振った。

「落ち着こう、ハヤブサくん」

キッカがなぜそうも平然としていられるのか、ハヤブサは不思議だった。

「シュヴァルベくんもチャイカも、お互い喧嘩《けんか》したくなくて、でもまだ気持ちの整理がつかなくて喧嘩しそうになるから、ああしてるんじゃないかなって私には思える。これ以上こじれちゃわないように、って。その気遣いがあるんだから仲直りできるよ、あの二人なら」

キッカの声音は優しかった。

そうなのかもしれない。

でも、そうではなかったら、どうするのか？

深刻に考えすぎているのかもしれない、とハヤブサは思えども納得はできなかった。

なんとかしたいと思うことが目の前にあるのに、目の前で好きなクラスメイトが仲違いしてしまっているのに、手も足もでない。休み時間の十分で、雷の国で血厭《ちいと》いの魔人をぶっ倒したり、水の国でマーズを殴り倒したり、両国の補給線を寸断してきたというのに。シュヴァルべとチャイカがまた笑い合えるようになるにはどうしたらいいのか、そういう肝心なこととなったら、どうしてこうも無様に慌てふためくことしかできないのか。

自分の不甲斐《ふがい》なさが哀しかった。

（なんで、俺はこうなんだろう……？）

ハヤブサは不思議だった。

昼休みになるまでも、なってからも考え続け、それでも糸口がつかめなかった。

ハヤブサは、休み時間のたびにチャイカとシュヴァルべに話しかけた。けれど、シュヴァルべとの話の輪に入れようとしてもチャイカにさらりと拒まれ、チャイカとの話の輪にいれようとするとシュヴァルべにやんわりと拒まれた。からからと空転する音が聞こえてきそうなほど空回りしているからか、ちっとも上手くいかない。

ハヤブサは肩を落とし続けた。

（魔人や悪い奴らをぶっ倒す方法だったら、いくらでも湧き出してくるっていうのに、より取り見取りなのに……それなのに、チャイカさんとシュヴァルべさんを仲直りさせる方法の一つすら思いつかないなんて、どうなっているんだろう……）

食堂でキッカと席を並べつつ、土の国の麺料理を食べても味すらよく分からなかった。汁なしの麺に真っ赤な唐辛子とナッツとひき肉ともやしが乗っている、強烈に辛い料理のはずだったが、なぜだかハヤブサはあまり辛さを感じなかった。

おいしいのかどうかも、よくわからなかった。

それどころではなかった。

どんよりとした冷たい何かが身体の内側から絡みついてくる。

真理という名の触手を伸ばす、悪意なのか。深みへ誘うその何かが、見つけても幸せになれやしないと直感している探し物を、これ見よがしに遥《はる》か奥底で妖《あや》しく光らせているような。「なぜ?」が「怖い」へと変わりつつあるのに、ハヤブサは潜ることを止められなかった。

（なんで、キッカさんだったらすんなりできること、俺がしようとすると頭が真っ白になるんだろう？　戦いの時は、くっきりと冴えているくせに……）

ハヤブサは「あっ」と声を出した。

それは、ぞっとする気付きだった。キッカと信頼を築けつつあるとはいえ、それはキッカが歩み寄ってきてくれているからにすぎない。自分はまったく前に進めてなどいない。だから、シュヴァルベとチャイカの仲違いを前に、頭が真っ白になってしまうのだ。

『ハヤブサ、お前が求める『平凡』は、一族の皆より強敵だ』

好戦魔導士一族の首長であり父であるハヤテの言葉の真意を、ハヤブサは痛感した。自らの異質さ、その根深さを、今の今まで自分はずっと甘く見ていたのだ。

キッカが案ずるようにハヤブサの顔を覗き込んできた。

「どうしたの？　ハヤブサくん？」

「俺、何歩も遅れてるんです、きっと。何千歩も、何万歩も。ちゃんとした人たちが歩んできた道の、すっごくうしろのほうにいて。……その背中を追いかけたいのに、ちゃんとした歩き方がちっとも見当つかなくて、いっつも、ぜんぜん違うほうにいっちゃって……」

ハヤブサは自分の右手をみた。

皮肉なものだと思えた。

この右手を胸に添えれば、ペンタグラム大陸のどこへでも瞬時にいける魔法が使えるというのに、自分が目指しているところにはちっとも近づけていないなんて。

「悪い奴を倒す力なんかより、二人の間を取り持つ力のほうが欲しい……でも、どうやったらそんな力が身につくのか、ちっともわからないんです。心ばっかり先走って、言動がちっともついてこないんです。真っ白になっちゃうんです」

「……私もまだ分かんないけど、一緒に、身につく方法を考えていこう」

キッカに励まされ、ハヤブサは学生食堂を後にした。

もうすぐ始業時間だ。昼休みが終わる。

なんだか身体が重かった。

歴史の先生の五時間目の授業も、ちっとも頭に入ってこなかった。

五時間目終わりの休み時間、風が鳴った。

キッカの合言葉に従い、教室を別々に出て、校長室へとハヤブサは急いだ。校長室で通信符を左手首に張り付けたキッカが印相を作り直すなり、風の君の声がした。

「……オスカー、聞こえるか?」

「はい」

「〈再びの魔光〉の次なる計画が、暗号解読によって発覚した。奴らの狙いは王都セントラルブリーゼの二番街だ。風騎士団の不在を突き、〈風の耳目〉の本部を狙っている」

風の君は早口だった。

「えぐり目の魔人がくる。オスカー、王都を守ってくれ」

風の君の声がいつになく切迫している。魔王復活を目論《もくろ》む秘密結社〈再びの魔光〉の首領自らが乗り込んでくるのだ。国家情報局〈風の耳目〉の本部は、旧市街である城下二番街にある。人口密集地だ。対処を誤ればかなりの被害が出てしまう。

雷の国と水の国の調停にむかった風の君の警護のため、風騎士団が王都に不在となったこの瞬間を突こうとは、〈再びの魔光〉は悪知恵が回る。

ハヤブサはきっと目を吊り上げた。

（水の国で会った、あいつだ……六本角……）

水の国と雷の国があわや戦争しかける事態を引き起こしたのも、奴だ。目論見を打ち砕いたと思ったら、もう次の目論見だ。えぐりの目の魔人の、二の矢三の矢だ。

手練《てだ》れの魔人だ。

さすが六本角だけあって、たちが悪い。

（シュヴァルベさんとチャイカさんを仲違いさせた、あいつは許さない）

ハヤブサは憤然とした。

叩《たた》きのめしてやる。尊い二人の仲を割くなんて、万死に値する大罪だ。

「オスカー、聞け」

風の君の声はいつになく鋭かった。

「えぐり目の魔人は、神話にその名を連ねる六本角だ。奴に関する伝承の一節にある。『魔王の愛を見ようとし、見えぬゆえに気付いた。目があるから見えぬのだと。魔人はえぐった目を捧げ、見えないものを見ようとし、見出すことで見えるようになった。魔王の愛、魔王への愛、そして命の真理。いのちとは、個にして全。無数にして一である。えぐりの目の魔人は、自らの中に無数の命を見出し、それを自在に操った』……ぬかるな、オスカー」

王の通信が終わらぬうちに、ずんっという地響きが聞こえてきた。

ハヤブサが校長室から頭を出すと、二階の廊下からざわざわと生徒の声が聞こえてくる。ハヤブサは廊下へと飛び出し、階段を駆け上がった。

生徒たちがざわつきながらガラス窓に張り付いている。

「なんだ？」

「おい、みろよ、あれ」

「あれって、旧市街のほうか……？」

「なんだ、あの煙？」

「爆発？」

「あれって、二番街のほうだよな」

「おいおい、なんだよ。なんなんだよ、あれ」

「事故？　火事？」

「わかんない。けど……なんか、変だよ、あの煙」

窓際の廊下に並んで困惑している生徒たちは、皆そろって二番街のほうを見ていた。

二番街には国家情報局〈風の耳目〉の本部がある。

（もう来たのか、あの魔人……）

「ハヤブサくん」

「はい」

ほとんどの生徒がガラス窓に近寄る中、ハヤブサはキッカと足早に人目のない階段の踊り場へくると、ハヤブサは左手をキッカの右肩に乗せ、右手を自分の胸にあてた。

まずは学校の屋上へ瞬時に移動し、学徒ローブを脱いで手摺《てすり》に括り付け、平織の布を顔へと巧みに巻き付けた。現場が近いことを考慮し、上衣を裏返しにして着なおし、色味と柄を変えておく。キッカも学徒ローブを脱いで顔を頭巾で隠し、準備を整えていた。

ハヤブサは自身の胸に右手を、キッカの肩に左手を添えた。

屋上からだと、二番街方面にある一番高い礼拝塔がよく見える。ハヤブサは礼拝塔の天辺を見つめ、その上へと瞬間移動した。目視したほうがより縮地魔法の精度はあがる。座標だけを頼りに瞬間移動すると、移動し終えた途端に魔人の攻撃に巻き込まれかねない。

ハヤブサは城下二番街の一角に目が留まった。

（あそこだ。魔人があそこにいる）

ハヤブサがそう睨《にら》むなり、朦々《もうもう》とそこから煙が立ち上り始めた。やや遅れて、雷鳴と爆発と風鳴りの入り混じった戦闘音が聞こえてくる。

「キッカさん、いきます」

ハヤブサはそう告げるなり、二番街へと瞬間移動した。

屋根瓦《がわら》へと降り立ち、ハヤブサは通りを見下ろした。

路上に警官隊が倒れ伏している。警官隊が注意を引いたおかげか、街の被害はまだ深刻ではないようだ。

真っ先に駆け付けて応戦したのだろう。雷に打たれ、服が裂けて燃えている。

石畳の上に漆黒の人影がいる。

冠よりも立派に頭部を彩る六本角、裸足、そして衣服の七宝紋は間違いない。ハヤブサはその姿が視界に映っただけで、かっと頭に血がのぼった。

「六本角！」

ハヤブサは全身から放つ勢いで怒鳴った。はからずも殴りつけるに等しい敵意がのった。

えぐり目の魔人の注意を引く、それが最優先だ。

通行人はおろか犬や猫すらもぎょっとして静まり、ハヤブサの怒声が二番街に木霊《こだま》した。

「――っ!?」

えぐり目の魔人の暗い眼窩《がんか》がハヤブサへ向くなり、魔人は一歩後退《あとずさ》りした。水の国での嫌な思い出がよみがえったのだろう。それは明らかな逃げ腰だった。

ハヤブサは魔人が背中を見せるのを待った。

ところが、えぐり目の魔人はにやりとした笑みを見せたかと思うと、両手を広げて歓迎してみせた。その不敵な笑みが何を意味しているのか、ハヤブサには摑みかねた。

「やはり来たな、岩の主よ」

えぐり目の魔人はゆったりとした漆黒の法衣をまとっている。両肩から交差させて袈裟《けさ》をかけ、袈裟を縁取るように小さな円筒形の金色飾りがずらりと並び、くるくると回転していた。水の国で出会った時と身なりがやや違う。魔人の戦装束だろう。

高位の魔人は靴を履かない。常に魔王の姿をその心の中心に描き、いかなる時も魔王の御前にいる時の礼節を欠かさない。えぐり目の魔人もその例にもれないようだ。

（……一人？）

ハヤブサは首を傾げた。えぐり目の魔人の他に、騒ぎを起こす人影はない。王都襲撃をたった一人で敢行するとは、それだけ自信があるということか。

えぐり目の魔人が袈裟から円筒形の金色飾りを引き千切《ちぎ》り、自らの目元へと寄せて握り砕いた。円筒形の金色飾りに満たされていた液体が、暗い眼窩へと滴っている。

あたかも目薬のようだ。

魔人の暗い眼窩から焼けるような音と煙が立ち上がり、光があふれた。えぐり目の魔人が苦《く》悶《もん》の声を漏《も》らしている。苦しみながらもどこか艶《なま》めかしい、喜びの声を。

「見える、見えるぞ、命の原初が。あのお方の愛が、見える！」

えぐり目の魔人はひょいと垂直跳びをするなり、屋根より高い上空でぴたっと静止した。ひたり、という裸足の足音がハヤブサには聞こえた。

見えない地面があるとしか思えない空中静止だ。えぐり目の魔人が見出したのだろう。何もない空中に、何人にも見えず触れることすらできぬ、大地を。

えぐり目の魔人がひたひたと空中を歩き、首を傾げながらハヤブサを見下した。

「お前に見えるか？　この愛が？」

えぐり目の魔人が指をくるりとした途端、法衣を彩る円筒形の金色飾りが甲高い回転音を一斉に発し始めた。またたくまにえぐり目の魔人の姿を暗雲が覆い隠した。

肌がぴりぴりとする感覚は雷攻撃の前触れだ。

ハヤブサは右手の人差し指で暗雲を指し、くるりと円を描いた。ハヤブサめがけて降り注ぐ十の雷撃を、そっくりそのまま暗雲の真上へと瞬間移動させた。

完璧なタイミングのカウンターだった。

暗雲の中心にはえぐり目の魔人がいる。轟雷《ごうらい》の十連撃だ。

ハヤブサに抜かりはなかった。

暗雲がさっと晴れてえぐり目の魔人の姿が露になる前から、縮地魔法による空間圧縮とその復元力を利用した爆発的な急加速で肉薄していた。制御を誤れば身体が発火し血煙と化すほどの運動エネルギーを全身に漲《みなぎ》らせ、ハヤブサはえぐり目の魔人の腹部に右脚の爪先《つまさき》を突き刺すなり、自身の運動エネルギーを魔人の腹部へと瞬間移動させた。

縮地蹴《げ》りだ。

原理的にはビリヤードの球と球がぶつかった時のそれと同じ。雷雲の中でハヤブサには見えていなかった。だが爪先の感触に手応えがあった。

蹴り飛ばされた魔人の激突音がきこえないのも、手応えの一つだ。弾けた魔人の肉片はおろか血煙すら蒸発して虚空へと霧散したのだろう。

そういう一撃をハヤブサは真っ先に繰り出した。『まず必殺の一撃を叩《たた》きこめ』。それが対竜戦闘における鉄則であり、ハヤブサの経験上、竜に効くものはそれ以外の相手にも効く。

ハヤブサが着地すると、蹴り技の衝撃波で周辺家屋の窓ガラスが割れていた。

「いまのは効いたぞ、岩の主」

ハヤブサは目を見開いて見上げた。

仕留めたはずのえぐり目の魔人が、まだハヤブサの頭上に立っている。

(なんだ……?)

ハヤブサは首を傾げた。

明確な手応えがあったが、仕留めきれなかったようだ。ハヤブサは驚いた。当たれば確実に活動不能となる一撃を、最初に叩きこんだつもりだったのに。

（しぶといな、準備してきた六本角は）

ハヤブサが冷徹な目を向けるも、えぐり目の魔人は微笑《ほほえ》んでいた。

「さすがだ、雷雲に迷いなく飛び込んでくるとは。ならば、これはどうだ？」

えぐり目の魔人は両手を天へと伸ばした。法衣を彩る円筒形の金色飾りが甲高い音と共に回転するなり、上空に光り輝く飛礫《つぶて》が現れた。隕石《いんせき》だ。えぐり目の魔人は見上げる虚空に無数の隕石を見出している。地を穿《うが》つ隕石の雨を。

それはハヤブサのみを狙っていなかった。

卑劣にも、二番街の人々を一人でも多くまきこもうとしていた。

（こいつっ……！）

ハヤブサは奥歯に力がこもった。

左手で見渡す限りの虚空を掴み取るような仕草をし、一斉に降り注ぐ隕石のすべてを引き寄せてひと塊にするなり、えぐり目の魔人めがけて右拳《こぶし》を振り抜いた。

隕石の返報だ。

手応えあり。直撃だ。ハヤブサはそう見て取ったが、えぐり目の魔人に直撃したひと塊の隕石は光の粒へと砕けた。さらさらと虚空へとまき散り、あっけなく掻《か》き消えている。

残されたのは無傷のハヤブサと、えぐり目の魔人と、慄《おのの》き逃げ惑う民衆だけだった。

「やっぱり、やっぱりだ。新聞に載ってた通りだ」

「……道具一つ使わずに魔法を使ってる」

「好戦魔導士なんだ、頭巾の君は……」

「逃げろ、にげろ！」

民衆が離れようとしているのは、魔人からなのか、ハヤブサからなのか。

人々の逃げ惑いかたは、その判別すらつかないほどだった。

えぐり目の魔人が呆れたとばかりに大仰なため息をついている。

「見ろ、やつらを。オレより、お前を恐れてる」

「黙れ」

「いいとも。もっとよく見せてやろう」

金色飾りの回転音がするや、えぐり目の魔人の左手だけが暗い霧で隠された。暗雲だ。魔人が暗雲を握っている。魔人が左手を横薙《な》ぎするなり、オレンジ色の稲妻が真横に走った。

轟音と共に時計塔から火花が散り、煉瓦《れんが》の粉が濛々《もうもう》と舞っている。

時計塔の中ほどにざっくりと切れ込みが入り、大きく傾き出していた。街路に迫っていく時計塔のゆっくりとした影から、人々が悲鳴を上げて逃げ出している。

一人の小さな女の子が転倒し、時計塔の影に飲まれようとしていた。

ハヤブサは左手の人差し指を突きだし、引き寄せた。時計塔の崩落が地響きとなって足元から伝わってくる。間一髪だ。女の子は軽い擦り傷で済んだようだ。二番街から離れたところへ女の子を送ろうと、ハヤブサは右手を差し出した。

ハヤブサと目が合った途端、女の子は小さな悲鳴を上げて尻もちをついた。

「こ、こないで……」

尻もちをつきながらも、女の子はハヤブサから遠ざかろうと石畳の上を這《は》っている。

初恋相手のあの眼差《まなざ》しと同じだった。

ハヤブサがふと気づいて見回すと、衆人の怯《おび》えた眼差しは魔人ではなくハヤブサに向けられていた。拍手や応援はない。好戦魔導士と知られた頭巾の君への、その戦いぶりを目の当たりにしたふつうの人々の、ごくごく当たり前の反応だ。

ハヤブサは愕然《がくぜん》とした。

(やっぱり……)

自分はちっともまともな人間になど近づけていないのだ。突きつけられた事実の重みがずんっと胸に響き、心の芯に刺さったままの初恋の破片が冷たく痛んだ。

頭上から、くぐもった笑い声が降ってきた。

「ふふっ、ぬははっ！」

えぐり目の魔人は手で目元を覆いながら肩を揺らしていた。

空中に見出した見えざる大地の上から、最高の喜劇でも見物するかのようだった。

「……傑作だな。皆を助けようともがいてるお前のほうが怖いとは」

えぐり目の魔人は口元に侮蔑《ぶべつ》の笑みを浮かべ、ぐるりと見まわしていた。見る価値もなかったとばかりに、えぐり目の魔人は肩をすくめている。

「まったく、人間そのものだな、あの連中は。唯一の御方の愛に唾《つば》を吐きかけ、永遠を捨てて束の間に生きる。受けた愛に気付けず、恩を仇で返す。愛も、恩も、仇も、束の間に生きるが故にあらゆることを忘れ、誤魔化しだけが上手くなる。人間そのものだ」

えぐり目の魔人の暗い眼窩《がんか》がハヤブサをじっととらえていた。

先程までのおどけた仕草はなく、えぐり目の魔人は心底不思議そうに首を傾げた。

「背に庇《かば》う価値があるのか、岩の主？」

「それでまともになれるなら……！」

ハヤブサの答えに、えぐり目の魔人の口角がにたりと上がった。

「迷いが見えるぞ。よく見える。目がないからこそ、見えないものがよく見える」

そう言ってえぐり目の魔人が自らの法衣をぽんと叩《たた》いた。

たったそれだけの仕草で、えぐり目の魔人が二人になっていた。明確な手応えを感じていながら魔人にトドメを刺せなかったカラクリが、ハヤブサはわかったような気がした。

（どっちだ……？）

どちらが本物なのかとハヤブサは迷い、風の君が言っていたことを思い出した。えぐり目の魔人は自らの中に無数の命を見出し、それを操る、と。風の君の忠告が正しければ、あの二体のえぐり目の魔人はどちらも『本物』なのではないか。

「その通りだ、岩の主」

えぐり目の魔人はにたりと笑い、ハヤブサを指さした。

「岩の主、オレはお前を倒せない。しかし、お前もオレを倒せない。そのうちに人が死ぬ。人が気付く。お前自身が思い知る。時が経つほど、お前はオレより異常だと」

えぐり目の魔人は円筒形の金色飾りを一つ千切《ちぎ》り、握り砕いて再び眼窩《がんか》へと液体を注いだ。焼けるような音と煙が立つなり、袈裟《けさ》の金色飾りが一斉に回転している。

甲高い回転音ではない。

聞こえてくるのは、りーんという鈴虫のような音だった。

艶《なま》めかしい苦悶《くもん》の声と共に、二体のえぐり目の魔人が自らの法衣をぱんっと叩《たた》いた。それだけで二体のえぐり目の魔人が四体に増えていた。幻影や偽物ではなく、自らと寸分たがわぬ本物を生みだしているのだとすれば、オリジナルはどれなのか。

えぐり目の魔人が元々もっていた『命』とはなにか。

いやそもそも、オリジナルがどれかという疑問すら意味をなさない。それこそが、えぐり目の魔人が見出した命の真理そのものなのかもしれない。

「さあ、どうする岩の主よ。一人でもオレが残っていれば、そいつが次のオレを見出し、生み出すぞ。こんな風に。どんどんと、際限なく、オレがオレを見出していくぞ」

えぐり目の魔人にとっては造作もないらしい。

軽快に法衣を叩くたび、四体が八体へ、八体が十六体へ、十六体が三十二体へ、三十二体が六十四体へ、さらに百二十八体へとみるまに増えた。

(多すぎ。減らそう)

ハヤブサは即決した。

数十体の魔人をぎろりと視界にとらえ、左手で虚空を掴み、ぐっと引き寄せると同時に一直線に整列させた。一直線に並ばせた魔人の先頭へと、ハヤブサは右手の指二本だけ立てた掌底突きを胸部に叩き込んだ。空間圧縮の吸引力と復元力を利用した縮地魔法の攻撃的な使い方であり、触れた相手を超高速で射出する突き技だ。ハヤブサはあえて威力を落とした。全力でやると先頭の魔人が威力の高さで霧散し、一直線に並ばせた意味がなくなるからだ。

ハヤブサの血も涙もない力加減は奏功した。

先頭の魔人が砲弾と化し、並んだ魔人すべてを肉片へと変えていた。

完璧だった。完璧すぎた。

あまりの容易さにハヤブサは訝《いぶか》しんだ。

整列させた魔人たちがハヤブサの攻撃にたいして防御する仕草すらしなかった。一つの命が消えることなど、えぐり目の魔人にとってはどうでもよいのだろう。

皮肉を込めた多数の拍手が、上空からハヤブサめがけて降ってきた。

「やるじゃないか、岩の主。あと百体だ」

　十体ほどのえぐり目の魔人が異口同音にそう言った。

　えぐり目の魔人の泰然とした口ぶりが告げている。どれだけ減らそうと意味がない。一体でも残っていればいくらでも増やせる、と。

（まずいぞ……）

　ハヤブサは唾《つば》を飲んだ。

　えぐり目の魔人の狙いは〈風の耳目〉の本部だけではない。王都そのものだ。

（こいつ、王都すべてを巻き込むまで、戦いを長引かせるつもりだ）

　一滴でも多く、この王都に流血をもたらすつもりなのだ。ハヤブサが戦えば戦うほど被害がでるように、と。風の君の信望が損なわれるように、と。二番街も、一番街も、三番街も、この王都セントラルブリーゼの通りという通りが血で塗《まみ》れるように、と。

　そのために、風の君が風騎士団を率いて出払ったこの隙を突いてきたのだ。雷の国の議事堂立て籠もり事件も、水の国の高官マーズの国外逃亡も、雷の国と水の国の軍事衝突も、すべて打ち砕いてきたというのに、えぐり目の魔人の策はまだ尽きていない。

　なにより、えぐり目の魔人の言葉だ。

「岩の主、お前はまともになんてなれやしない。出自を隠し装っているだけで、お前の一族に流れる血の本質に触れれば、誰もが恐怖に染まる」

魔人の声は蜘蛛の糸だ。ハヤブサの心に絡みついてくる。

なんの変哲もないただの言葉だからこそ、防御もできずにハヤブサの耳が拾ってしまう。魔人が口を開くたびに、ハヤブサは力を奪われていく気がした。

「どれだけ努力しようと平凡になど生きられない。周りがお前を生きさせない。周りが、お前の顔色をうかがうようになるだけ。結局のところお前は、誰かを怯《おび》えさせることでしか自分の居場所が築けない、哀れな存在だ」

ハヤブサはかっとして虚空に立つ魔人の腹へと、縮地蹴《げ》りを見舞おうとして大きく空振りした。魔人にひらりと避けられ、かと思うと真上に雷雲が見えた。ハヤブサが雷雲のさらに上へと瞬間移動するなり、真下から猛烈な閃光と雷鳴が轟《とどろ》いてきた。

その閃光と雷鳴のけたたましさに、ハヤブサは頭上への反応が一歩遅れてしまった。甲高い回転音が降ってくる。人の輪を作り待ち構えていた二十人のえぐり目の魔人が、組んだ両指を振り下ろしていた。輪の真ん中に見出された嵐の剛球が、ハヤブサの目前で弾けた。

一切の音をかき消すほどの風鳴りだ。

真下へ弾き飛ばされたハヤブサが自身の運動エネルギーだけを地中深くへと瞬間移動させ、折れた時計塔の根本に猫のように降り立つと、魔人にぐるりと取り囲まれていた。

虚空に立つ魔人が輪をなし、鼻で笑った。

「心が力を生み出す。心が乱れれば力も乱れる。お前はどっちつかずだ。好戦魔導士にも、平凡な人間にもなりきれない。お前は何者にもなれない」

魔人の輪から次々とえぐり目の魔人が虚空を蹴《け》立て、ハヤブサめがけて突っ込んできた。その両手に小さな嵐を纏《まと》わせる魔人を、ハヤブサはその場で迎え撃った。右手で弾き飛ばして魔人と魔人を激突させ、左手で引き寄せては魔人と魔人を激突させた。

激突した魔人が立ちあがり、また襲い掛かってくる。

ハヤブサは困惑した。

ハヤブサの右手も左手も、一撃必殺の威力が出せていない。

接近戦ならば押し切れるとハヤブサは踏んでいた。ところが、前後左右はおろか上空や床下から襲い掛かってくる魔人の猛攻を前にして、凌ぎ切るので手一杯だ。

「お前のあがきは、なんの意味もない。何の価値もない！」

言葉巧みな魔人の指先が、ハヤブサの肩に触れた途端だった。

嵐に包まれた。

時計塔と魔人の輪がぐんっと遠ざかった。

吹っ飛ばされたのだとハヤブサが気付いた時には、もう塔型風車の中にいた。体のあちこちが痛い。塔型風車の屋根が崩《くず》れている。突き破った壁にぽっかりと穴が開いていた。

塵《ちり》と埃の先に、晴天と二番街の屋根瓦《がわら》と、虚空に立つ無数の魔人の姿が見える。

瓦礫《がれき》の中でハヤブサは身をよじった。

はねのけるなんて容易いはずの瓦礫の重みに、ハヤブサは抑え込まれていた。

鍛え上げてきた技と体が健在でも、どうにもならない。

心がめげていた。

（ああ、そのとおりだ……）

ハヤブサの胸がずきりと痛んだ。

ハヤブサは知っている。この痛み方は、真実が突きつける時の痛みだと。

好戦魔導士として血筋と修練を継いだ自分は、もう手遅れだ。平凡にも普通にもなれやしない。えぐり目の魔人の言葉は、ある側面では紛れもない真実だった。

「そんなことない！」

ハヤブサの耳に、勇敢な呼び声が飛び込んできた。

屋根伝いに走ってきたのか、煙突に手をつくキッカの姿が見える。

「そんなことない！　ここに一人、いるから！　そいつの言ってることが嘘《うそ》だって、言い切れる人、ここに一人いるから！　……こんの嘘つき魔人！」

キッカは脚をがくがくさせながらも魔人を挑発し、身を挺して言葉を振り絞っていた。

「そいつ、水の国で会った時は心を読んで逃げたくせに、今は心を読んで戦ってる！　今までとは違うって心を読んだから、感じ取ったから、そうしてるの！」

キッカが声を響かせ、ハヤブサに呼びかけている。それが無数の魔人の注意を引く危険な行為だとわからぬはずがないのに、倒れ伏すハヤブサの助けになろうとしていた。

「騙されちゃダメ！」

果敢な指摘に、魔人の一人が目の色を変えてキッカの目前にどすんっと降り立った。

えぐり目の魔人を前にしても、しかしキッカは煙突の影に隠れる素振りもない。禍々《まがまが》しい闇の眼窩《がんか》で見下すえぐり目の魔人を、キッカはきっと睨《にら》み返していた。

か弱き人の抗《あらが》いが、魔人の癇《かん》に障ったのか。

えぐり目の魔人が鼻を鳴らしてキッカの襟元を摑み、ぐいっとつるし上げた。凶悪な魔人を前にしてキッカは苦しそうに顔を歪ませながらも、にやりと微笑《ほほえ》んだ。

「ね？　やっぱり図星だった。だから、私が邪魔なんだ」

ハヤブサは身体の瓦礫《がれき》すら払わず、左手の人差し指をくいっと曲げた。

キッカの窮地だ。

塔型風車でじっとしている場合ではない。ハヤブサは、またたく間に魔人の手からキッカを瞬間移動させた。ハヤブサの眼前で、キッカがせき込みながら尻もちをついている。

（よくも、キッカさんを……！）

そう思った途端、ハヤブサは乗り掛かる瓦礫をはねのけていた。

ハヤブサは立ち上がろうとしたが、くらりとして膝をついた。慣れ親しんだ感覚だ。好戦魔導士一族を『説得』する時も、こんな感じだった。

情けない。

今の今まで、えぐり目の魔人の術中にはまり主導権をとられ続けていた。キッカには指一本触れさせないと決めて戦っていたのに、なんたる様だろうか。戦うことで身に着けてきた自信も結局、自分の未熟さに気付けていなければ、張り子の自信に過ぎないというのに。

「すみません、キッカさん。いつも迷惑かけてしまって」

「言ったでしょ。それはかかるし、かけるものだって」

キッカの目には覚悟があった。

覚悟と、雄々しさが。えぐり目の魔人を前にしても、譲らなかったものがあった。

「ハヤブサくん、負けないで。まともに、なるんでしょう？　戦うこと以外にも『やった』って嬉しくなること、見つけにきたんでしょう？」

「はい」

「だったら、あんな魔人に負けないで」

ハヤブサは立ち上がった。

立ち上がるのは、得意だ。欲しいものには近づくしかない。近づこうとしたら転ぶのなんて当たり前だ。また立ち上がったのだから、また転んで当然だ。

だから、これまでも、これからも、立ち上がり続ける。

立ち上がれなくなったら、這《は》ってでも近づく。

一歩でも近くに。転がりながらでも。

負けないということが、そういうことならば、ハヤブサはやれる気がした。

「負けません」

ハヤブサは、受け取った勇気に見合うだけの気迫を滲《にじ》ませた。おそれと迷いは、ある。あり続けるものだ。普通になり、平凡な考え方を身に着けるのだから、あっていい。

負けるものかという決意さえ、燃えていればいいだけだ。

ハヤブサは魔人を睨《にら》みつけ、身構えた。

(俺はまともになるんだ！)

「なれやしない！　まともな奴じゃ、オレは倒せない！」

えぐり目の魔人の無数の声が矢よりも素早く飛んできた。

空中に浮かぶ魔人が、屋根の上の魔人が、街路樹の下の魔人が、塀を背にした魔人が、路上の魔人が、いたるところにいる百人の魔人が両手を大上段に掲げている。

黒衣を彩る円筒形の金色飾りが、金切り声よりも耳障りな回転音を響かせていた。幾何学模様の魔法陣が上空を埋め尽くし、幾重もの模様を蠢《うごめ》かせている。

一人でも打ち漏《も》らせば、虚空に見出された隕石《いんせき》が二番街を壊滅させるだろう。

えぐり目の魔人は勝ち誇っていた。

「オレを倒したければ、お前は証明するしかない！　自分がまともではないことを！」

えぐり目の魔人の言葉は、しかし、もうハヤブサをすり抜けるばかりだった。

キッカの言うことと、魔人の言うこと、どちらを信じるか？

自分の背中を預けるに足りうるのはどちらか。

考えるまでもない。

今ハヤブサが考えることは、眼前の魔人をどうやって普通にぶっとばすか、それだけだ。

（まともな人なら、どうする？　この状況、どう打破する？　百対一のこの状況、普通なら、普通に考えるなら……そうっ、百対百で戦うはずだ！）

ハヤブサは閃いた。

あやふやでか細い発想も、頭の中で一度またたいてしまえば、暗雲を裂く一筋の光そのものだ。魔人が百人でくるのなら、こっちも百人になればいい。

できるかどうかより、どうやるかだ。

単純にして難題。

具体性よりも先に「やれる」とハヤブサは直感した。ハヤブサは知っている。この直感は、人の本能により近い部分が現実と想像の垣根に嚙《か》みついた感触だ。

発想と直感の爪牙は、容赦がない。

（しつづければいいんだ）

ハヤブサは気付いた。

（瞬間移動、しつづければいい。縮地、しつづければいい。百地点間を）

それはもはや天啓だった。

ハヤブサの求めに、何かが応じた。そうとしか思えない。これほどまでに『普通』で『まとも』で『平凡』な閃きを、ハヤブサは自分のものとは思えなかった。

ハヤブサは右手を開き、自身の胸にばしんっと叩《たた》きつけていた。ぎろりと百体の魔人を睨《にら》みつけ、柔らかく握った左拳《こぶし》を脇に引きつけていた。

それはちょうど、コップの水を飲む時にいちいち目や指や腕や口や喉《のど》の動きをイメージしたりしないのとまったく同じで、天啓を得たその瞬間にすべての準備が整っていた。

ハヤブサにはすべてが止まって見えていた。

壁の向こう側や時計塔の裏にいる魔人の位置が、手に取るようにわかった。重さが生じさせる空間の揺らぎ。えぐり目の魔人の肉体が生じさせる百のそれが、見えていた。

ハヤブサは不思議だった。この鮮明な感覚は経験したことがない。あるいは、今まで直感的にやっていたことの根本に、より深く迫れているだけなのか。

ハヤブサは実行した。

えぐり目の魔人の読心術ですら、間に合わなかったらしい。

「――ふぁっ？」

えぐり目の魔人が一番阿呆みたいな声を出した。

なにせ、目撃者の中でえぐり目の魔人が一番近かった。一番、起こったことの意味が分からなかったのは、えぐり目の魔人だったろう。

一度まばたきするまで、百対一だったのだ。

今は百対百だ。

ハヤブサは眼前の魔人へ左拳を打ち込んだ。空間圧縮による吸引力を利用した時空突きだ。自身の左拳を魔人のみぞおちへ引き寄せると同時に、魔人を左拳へと引き寄せた。縮地魔法の応用技であり、竜の腹に打ち込めば背中の鱗《うろこ》が蒸発する威力を持つ。

百地点間を瞬間移動し続けている今、ハヤブサの一突きは百の拳だ。

えぐり目の魔人の身体を打ち抜く明確な手応えがあった。

一人たりとも討ち漏《も》らしていない。

四散した魔人の血は蒸発し、二番街の屋根や路地に辛うじて蠢《うごめ》く肉片を残すのみだ。

好戦魔導士一族の首長である父ハヤテは口癖のように言っている。『魔法は、肌と肌が触れ合う距離で使うものだ』と。その一点に関して、ハヤブサもまったく同感だった。

それはあまりにも、劇的な勝利だった。

渾身だった。

渾身の力を込めた「普通の戦法」だった。

ハヤブサにとっては全身全霊の「まとも」だったが、傍から見ていた者には異常事態そのものだ。なにせ、いきなり頭巾の君が百人に分身したのだ。

見守っていた王都の民たちは、みんな目が点になっている。

石畳の上で逃げ惑っていた人も、横転した屋台から顔を出している人も、植木鉢の影に隠れていた人も、子供に覆いかぶさって瓦《かわら》の落下から守っていた人も、誰も彼も。

一言も発さなかった。

屋根伝いに駆けていた猫ですら、きょとんとして足を止めていた。

先程まで騒がしかったぶん、より静寂が際立った。鳥の声や虫の音や、風の音すら聞こえてこない。誰の目にも見えない精霊たちですら、あんぐりとしているのか。

昼間に王都の一区画がこれほど静まり返ったことなど、今まであったろうか。

(……あら?)

ハヤブサはぎくりとした。

聴衆の反応が思っていたのと違う。「だよねぇ、あるある」をハヤブサは期待していたというのに、皆、千年に一度だけ夜空を消し去るという伝説の大流れ星でも見たかのようだ。

「……え?」

「あれ?」

「魔人が、えっと……消えた?」

「みんな、吹っ飛んじゃった……?」

疑問符まみれのざわざわとした聴衆の声は、いずれも困惑の大きさを物語っていた。誰もが起こったことをはっきりと目撃していながら、誰もが自分の目を疑っていた。魔人災害から助かった、という喜ばしい事実さえ、満足に噛《か》み締められていないらしい。

「……魔人、たお、した、ってこと……？」

「……ぜんぶ、倒したっぽい、よね……」

「ほんと？　ほんとに？」

「なんか、頭巾の君が、魔人と同じ数に、増えたような……」

「だよね？　増えたよね、あれ」

「やっぱり。そうだよね。てっきり、気のせいかと……」

「どゆこと？　どうやって？」

「なにが起こったんだ？」

「分身したよな？　あれ、分身したんだよな？」

「見間違いじゃ、ないよね？」

「……頭巾の君って、そんなことまで、できちゃうんだ……」

群衆のざわめきが、その困惑ぶりが、やけにハヤブサの耳に響いた。

（ま、またやってしまった……）

ハヤブサはじわっと額に汗が滲《にじ》んできた。

全身全霊の「普通」だったのに。まともになろうとした、精一杯だったのに。

全然違ったのだ。

また、違ったのだ。

（ふつう、じゃ、なかったっぽいぞ……）

王都の民衆の啞然《あぜん》とする様子に、ハヤブサはしゅんっと肩を落とした。奇異の視線が身体中に突き刺さってくるようで、頭巾で隠しているというのに顔をあげられなかった。

十二月の寒さが、やけに身に染みる。

身体を巡る血はまだ熱いのに、ハヤブサの指は凍てつきそうだった。

「百人相手にするんだからっ、百人に増えるしかないよね、普通に考えて！」

かっと陽光がさすように大声が響いた。

塔型風車からだ。

腹の底から発していたキッカの意志に、ハヤブサはやっと顔を上げられた。民衆はまだぽかんとしているが、奇異の視線に晒《さら》されていてもハヤブサの胸はぐっと熱くなった。キッカの懸命さが、ハヤブサの指先にまで温もりをもたらしてくれていた。

こんな鉄火場にキッカは慣れているはずもないというのに。

「ああ、これだ」とハヤブサは思った。

（これなんだ。この必死さが、大切なんだ……）

ハヤブサは大切なものにやっと指先が触れたような気がした。

キッカがへたり込んでいる。ハヤブサは慌てて塔型風車へ瞬間移動し、声をかけた。

「大丈夫ですか？　キッカさん？」

「なんか、急に、怖くなって……私、魔人に面と向かって、あんなこと言うなんて……」

キッカが恐ろしさを誤魔化すように笑いながら、頭をぽりぽりと掻《か》いた。

「はは、いっつも、心がね、何歩も遅れちゃうの、わたし」

「そのおかげで、俺、すっごく助けられてます」

ハヤブサが率直な想いを口にすると、キッカは嬉しそうな笑みを見せた。

「じゃあ、悪い事ばかりじゃないね、ハヤブサくん。何歩遅れたって」

キッカはそう言って一息つくと、通信符を介して風の君に状況を報告し始めた。

（……キッカさんといると、なんだか、わいてくる勇気がほっこりする……）

ハヤブサは嬉しかった。

頭巾の中で笑みがこぼれた。

荒々しく舞い踊るような鮮烈さとは違った、ゆっくりと静かに染み渡っていく心意気。今まで経験してきたどんな戦いの後よりも、心が晴れ晴れとしていた。

「ハヤブサくん、もどらないと。次の授業、はじまっちゃう」

キッカに言われてハヤブサは懐中時計に目を落とした。

六時間目が始まるまで、あと二分ほどか。

ハヤブサは右の手のひらを自身の胸に当て、キッカの肩に左手をのせた。縮地魔法で王立王都第一高等学校の屋上へと瞬間移動し、頭巾を解いて平織の布を仕舞い、魔人との戦いで塵《ちり》まみれになっていた上衣をはたいて裏返しにしてから身に着け、学徒ローブを羽織った。

キッカも慌ただしく身支度を整え、ぱんぱんと身体の塵をはたいている。

「ハヤブサくん、ちょっと動かないで」

キッカがハンカチを取り出して、ハヤブサの目元を拭《ぬぐ》ってくれた。

どうやら目元も塵と埃で汚れていたらしい。

「これでよし。いこう」

キッカと共に階段を駆け下りると、まだ大勢の生徒たちがガラス窓に張り付いていた。

「二番街に現れたらしいぜ、頭巾の君が」

「見物にいかなくてよかったぁ」

「めちゃくちゃになったらしいぞ、二番街」

「こえぇ……」

「魔人、まだいるのかな?」

「音がしないし、倒したんじゃないか?」

「授業ってあるの? こっちにきたりしてない? 逃げなくて大丈夫?」

「先生もどたばたしてて、まだよく分かんない」

そうおどけ合う生徒の声が聞こえても、ハヤブサはすぐに立ち直れた。

校舎のガラス窓に張り付き続けていた生徒たちが、鐘の音にあわせて教室へと戻っていく。ハヤブサとキッカはその波に紛れて、六時間目の授業に滑り込むことができた。

六時間目は自習となった。

二番街の騒ぎの余波らしい。魔人退治の一報と二番街の被害が伝わってきて、付近に住居や知り合いがいる生徒たちは帰宅してよいことになった。

放課後を知らせるチャイムが鳴るなり、チャイカとシュヴァルベがそそくさと鞄《かばん》を手に立ち去ろうとしている。席の近い二人が離れ離れになる前に、ハヤブサはシュヴァルベとチャイカの前に進み出て、勇気を振り絞って声をかけた。

「……俺、二人に、話したいこと、あって、どうしても、あの、一緒に……」

ハヤブサのぎこちない呼びかけに、シュヴァルベもチャイカも足を止めてくれた。

けれど二人の返答は素っ気なかった。

「余計なことしなくていい、ハヤブサ」

「今はいいから、ハヤっち。そういうの、ほんと」

そう声を揃《そろ》えて、顔を合わせるのも嫌だとばかりに離れようとするシュヴァルベとチャイカの手を、しかしハヤブサはぱっと握って離さなかった。

シュヴァルベとチャイカの動揺が、握った手からハヤブサに伝わってくる。

二人の嫌がることをしてでも手をつなぐなんて、子供っぽくて強引なやり方だ。二人の動揺だってすぐ怒りに変わり、ハヤブサに向くかもしれない。

チャイカとシュヴァルベに嫌われてしまうかもしれない。

それでもハヤブサは嫌だった。

離したくなかった。

離してはいけない気がした。

自分のしている事は余計なことなのだろう。きっと、お節介という奴だ。あるいは自己満足かもしれない。二人にとって迷惑で、厄介なことで、だからたぶん間違っている。勇み足になるだろう。今までもずっとそうだった。こういうことに関して正解できた試しがない。

これだと思って精一杯やっても、そうではないことばかりだった。

悪いほうに転がることがわかり切っているサイコロを振るのと変わらない。

ハヤブサはわかっていた。

わかっていても、二人の手を離さなかった。

「が、学校でなんにもわかってなかった俺に、教科書をみせてくれたり、先生からかばってくれたり、ひよっこ探偵オスカーの話を一緒にしてくれたり、新聞部をお試しにやってみないかって誘ってくれたりして……楽しくて、嬉しくて。……お、俺にとってはシュヴァルベさんも、チャイカさんも、二人ともすごくいい人で、だ、だから……」

口にする言葉はたどたどしく、つっかえつっかえで、情けないほど弱々しかった。

ハヤブサは二人の手を握り続けた。

「だから、二人が喧嘩《けんか》してるの、ほんとうにつらいです……」

ハヤブサはぎゅっと目を瞑《つむ》り、下を向いた。

なんの自信もなかった。

なんの手ごたえもなかった。

あるのは、沈黙だけ。チャイカとシュヴァルベの長い長い沈黙だけだった。

ハヤブサは怖かった。えぐり目の魔人と戦ったときの何倍も怖くて、どうしていいのかわからなくて、この場から逃げ出したいと思いながら、二人の手を握り続けた。

好戦魔導士一族で鍛え上げた、手首を逃さない握り方で。

返り血を浴びずに得られるものがどういうものか、見当もつかない中で。

沈黙のサイコロがどう転がっているのか見る勇気すらないのに、ハヤブサはこらえ続けた。

シュヴァルベのものだろうか、長く細いため息が聞こえる。

「チャイカ」

「なにさ?」

シュヴァルベとチャイカの声がした。

「ドーナッツ、食べに行かないか？　放課後に」

「え？」

「前、言ってたろ。広場のとこに、ドーナッツの屋台がでるようになった、って」

「うん。すっごい、いい匂いしてた」

「取材、しにいかないか？」

「いく」

シュヴァルベの呼びかけもぎこちなければ、チャイカの返答もぎこちない。さび付いた歯車同士の一回転目のようで、けれどしっかりかみ合っていた。

「悪かったな、チャイカ」

「あたしも、言い過ぎた、かも……ごめん」

「意地に、なった。ミーティア様も、雷の君も、俺にとっては大切なんだ」

「私も……水の君は、私の王だから、なんか、引けなくなっちゃった」

二言三言交わしあうだけで、二人の声が滑らかになっていく。

じっとうつむくハヤブサの耳にはそう聞こえた。

「他の国の人と喧嘩《けんか》しなくてよくするためにするものなのにな、留学って」

「ほんとそうだよね。なのに……なんだか、あべこべだったね」

もうシュヴァルベの声音は穏やかで、チャイカの声音はほがらかだ。

なんだか、いつもと変わらない。

ハヤブサが恐る恐る顔を上げると、声と同じ表情をする二人の姿がそこにあった。

「よくよく考えれば、裏で魔人が暗躍してた事件なんだ。国同士を仲違いさせて魔王を復活させるのが、魔人の常套手段だというからな」

「そっか。あたしたちのケンカも、それきっかけだったもんね」

「俺たちは、まんまと魔人の手のひらで転がされてた、ってわけだ」

「怪盗カラスに操られるヒヨドリ先輩みたいなもんだったのかぁ、あたしたち」

「ああ、そうだな。その通りだよ、チャイカ」

「反省だよ……それはほんと、よくないね……」

シュヴァルベとチャイカは神妙な面持ちだ。

二人でひとしきり反省すると、ハヤブサとキッカへと向き直った。

「放課後にさ、広場のドーナッツ屋さん、いこう、ハヤっち」

「おごるよ、ハヤブサ。一緒に食べよう」

「キッちゃんも来て」

「そうだな、きてほしい。迷惑かけた。すまない」

チャイカがキッカの手を取り、シュヴァルベもキッカを誘っている。

（……えっと？）

ハヤブサはぽかんとした。

（えっと、これって……つまり……）

ハヤブサは事態を飲み込もうと、シュヴァルベとチャイカの様子をまじまじと見た。

（な、仲直り、した……ってこと？）

ハヤブサはシュヴァルベとチャイカの様子をもう一度みて、ほっとした。シュヴァルベとチャイカは二人並んで、どことなく照れくさそうだ。

ハヤブサは思わず笑みがこぼれた。

（やった……！）

安堵《あんど》感と解放感に包まれ、それが薄まるなり、小躍りしそうなほど胸が弾んだ。

（やったやった！　シュヴァルベさんもチャイカさんも、笑ってるっ。一緒にドーナッツ屋さん、いくって。よかった。一緒に、俺も、いこうって……放課後に、一緒に……ん？）

あまりの胸の弾みにつんのめってしまったのか、ハヤブサはふと冷静になった。

（んん⁉　一緒に、放課後に、ドーナッツ屋さん……？）

つまりそれがどういうことを意味するのか、理解するのにハヤブサは手間取った。頭の中で具体的なイメージがわいてきてなお、ハヤブサはその真偽を見極めかねた。神話の中にのみ登場する巨人や聖樹や精霊が、いざ目の前に現れたかのような。

（そ、そそそそそっ、それって……もしかして、『ひよっこ探偵オスカー』で読んだ、あ、あの伝説の、『買い食い』ってやつなんじゃ……!?)

初めての買い食い。

学校終わりに級友と和気あいあいと小腹を満たし合う、学生の特権。シュヴァルベとチャイカが誘っているのは、つまり、それではなかろうか。いや、それなのだ。

(ほんとうに存在していたんだ、『買い食い』って……物語の中だけじゃ、なかったんだ。ひよっこ探偵オスカーって、めっちゃくちゃリアルな作品だったんだ……!)

ハヤブサは体の芯からふるふると震えた。

まさか『買い食い』なるものが実在していたとは。まさかまさか、その『買い食い』なるものを自分が体験することになろうとは。そんなお誘いがくるとは。

(……よかった……生きてて、よかった……)

ハヤブサは目頭がじわっと熱くなった。

とにかく世界のすべてに感謝したい気持ちで一杯だった。

「ハヤブサくん、いくよね? ドーナッツ屋さん」

キッカに念を押されるなり、ハヤブサは首が千切《ちぎ》れんばかりに頷《うなず》いた。

ハヤブサのその様子に、シュヴァルベが微笑《ほほえ》んでいた。

「よかった。じゃあ、いこう、ハヤブサ」

「あー、ほっとしたら、すっごいお腹空いてきたぁ」

シュヴァルベとチャイカが和気あいあいとしながら、歩き出した。

ハヤブサもうきうきと歩み出そうとして、キッカに袖をくんっと引かれた。

「あ、二人とも、校門のところで待ってて」

「キッちゃん、どうしたの？」

「この前の喧嘩《けんか》のことで、ハヤブサくんと二人して校長先生から呼ばれてて。すぐ済むから」

キッカのその言葉は符丁だった。キッカの目配せに、ハヤブサは同調して頷《うなず》いた。

風の君から緊急通信がきた時の、合図の一つだ。

「そっか。じゃあ、べーやんと校門で待ってるから」

「五分過ぎたら校長室に乗り込んで加勢するよ、ハヤブサ、キッカ」

「お、いいね。んじゃ、あたしも一緒に乗り込むよ」

「いや、チャイカがしゃべると拗れかねないから、乗り込むのはいいが黙っててくれ」

「むぅ……」

そう言って校門へと歩き出したチャイカとシュヴァルベを見送るなり、ハヤブサは風呂敷包みを引っ掴んでキッカとともにそそくさと校長室へ向かった。

キッカが左手の内側に通信符を貼りつけ、特徴的な指のポーズを作っては解き、風の君とやり取りをしながら作り替えている。通信符を操る、印相と呼ばれるものだ。

「……オスカー、聞こえるか？」

人気《ひとけ》のない階段の踊り場へ差し掛かるなり、その声が聞こえてハヤブサは立ち止まった。

風の君の声だ。ややぼやけていて、雑音が混じっている。

ハヤブサが見ると、キッカが左手の通信符に香水を吹きかけていた。

「魔王復活の兆しだ。土の国で、豊穣の神木を伐採している者たちがいる。秘密結社〈化身の誓い〉による犯行と思われる。世界の危機だ。手を貸してほしい、オスカー」

鮮明になった風の君の声は淡々としていた。

ハヤブサが王の要請にこたえる義務があるのは、休み時間の十分だけだ。放課後、というのは条件外だ。断れないこともなかったが、ハヤブサは気が引けた。

世界の平和は大切だ。

それに入学の一件やキッカの一件など、風の君にはとてもお世話になってきた。風の君に頼りにされているのは、正直、ハヤブサとしても悪い気持ちはしない。

風の君のいつもの呼び出しだ。

けれどハヤブサはいつものように即答できなかった。

「オスカー？　聞こえているか？」

風の君の怪訝そうな声に、ハヤブサは額や首筋がじっとりと汗ばんでいくのを感じた。

（……ど、どうしよう……？）

世界の危機か、買い食いか。

ハヤブサは迷った。

どう答えたらよいのだろうか。どうするのが正解なのか。

どうしたら、まともで普通なのか。

世界の危機を優先すれば『買い食い』ができず、かといって、世界の危機より『買い食い』を優先するような人間が果たして「まとも」になろうとしていると言えるのか。

（そ、そもそも……）

そもそも、こんな二択で悩んでいること自体、まともではないのかもしれない。まともな人間なら、普通の人なら、平凡な精神をもっていれば、簡単な二択なのかもしれない。

迷うことすらない二択なのかもしれない。

（どうしよう……？）

脂汗を滲《にじ》ませてハヤブサは悩んだ。

悩めば悩むほど、わからない。

どうしたらいいのか、思いつかない。頭が真っ白になっていくだけ。やっと、一歩前進できたような気がしていたのに。結局、自分はなんにも変わっていないのか。

「ネ二十から、シルフへ」

頭を抱えてうずくまるハヤブサの頭上から、キッカの声がした。

見上げると、キッカが凛々《りり》しい咳《せき》払いを一つしている。

「オスカーは数えきれないくらいすでに世界を救ってきたので、放課後に世界が滅ぶなら、もうそれは世界の寿命です。明日の休み時間まで待ってください」

キッカは毅然としていた。

有無を言わさず通信を切った。風の君相手だというのに、世界の危機かもしれないというのに、キッカの所作には一切の容赦がなかった。

「ドーナッツ屋さん、いこう」とキッカが言うなり、ぐいっとハヤブサの手を取った。

階段を下るキッカのその指や手は、力強かった。

引き起こされて手を引かれつつ、階段を下り終えてもハヤブサは不安だった。

「キッカさん。これって、普通ですか?」

ハヤブサがおずおずとして尋ねると、キッカがぴたりと立ち止まった。

長い廊下の後にも先にも人影はない。

運動部の掛け声はおろか、靴音ひとつハヤブサには聞こえなかった。

「わかんない。けど、これが普通じゃないのなら、その普通が間違ってる。私はそう思う」

振り返ったキッカが言い切った。

言い切りながらも、キッカの瞳《ひとみ》の奥には少なからずの迷いが見てとれた。それでもキッカは再び歩き出し、ハヤブサの手を離そうとはしなかった。

ドーナッツ屋さんへいこうとしていた。

いくんだという、決意が歩みにあった。
ハヤブサは目を輝かせて、キッカと並んで歩き出した。

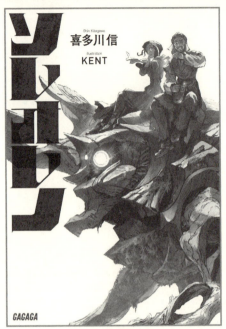

GAGAGAGAGAGAGAGAGAGAGA

ソレオレノ 2

著／喜多川《きたがわ》 信《しん》

イラスト／KENT《ケント》

定価 858 円（税込）

虫樹部隊団長のリョウの次なる強敵はディナール。

雀蜂型虫樹「ベニシダレ」を操る彼女は、リョウと幼い頃に心を通わせ同じ夢を見た麗人だった。砂漠の大地に平和をもたらすため、リョウとセンは新たな戦いへ！

GAGAGAGAGAGAGAGAGAGAGAGA

空飛ぶ卵の右舷砲

著／喜多川《きたがわ》 信《しん》

イラスト／こずみっく
定価：本体 611 円＋税

人造の豊穣神・ユグドラシルによって人類が地上を追われ、
樹獣や樹竜といった怪物がはびこる終末世界。小型ヘリ〈静かなる女王号〉を操る
ヤブサメとモズは、東京湾海上都市を訪れる。空を駆り樹竜を狩る近未来ＳＦ！

GAGAGAGAGAGAGAGAGAGAG

空飛ぶ卵の右舷砲2

著／喜《き》多《た》川《がわ》 信《しん》

イラスト／こずみっく

定価：本体 593 円＋税

〈女王号〉を修理するため伊勢湾海上都市へ戻る途中、
ヤドリギの弟を誘拐されたという少女と出会う。ヤブサメは他人事とは思えず、
そして自分の探し求めていた情報とつながるのではと依頼を受けるのだが……。

GAGAGA

ガガガ文庫

十分魔導士ハヤブサ

喜多川 信

発行　2025年2月23日　初版第1刷発行

発行人　鳥光 裕

編集人　星野博規

編集　湯浅生史

発行所　株式会社小学館
〒101-8001 東京都千代田区一ツ橋2-3-1
[編集]03-3230-9343　[販売]03-5281-3556

カバー印刷　株式会社美松堂

印刷・製本　TOPPANクロレ株式会社

Printed in Japan　ISBN978-4-09-453229-6